숨김없는 말들

자립준비청년 이야기
모유진

자립준비청년
이야기

모유진

숨김없는
말들

차 례

스무 살에, 위탁 가정에서 야반도주했다. 당시 나는 물에 젖은 종이와도 같아서 조금의 비난만 들어도 금세 찢어질 것 같았다. 위탁 가족과 마주치지 않기 위해 모두가 잠든 밤에 떠나기로 했다. 그 집에서 10년쯤 생활한 짐은 큰 가방 하나와 보따리 두 개가 전부였다. 학교에 다닐 때 아르바이트하며 모은 2백만 원 남짓한 돈으로 방을 구했다. 계약할 때 보증금 100만 원을 내고 나니 한 달 정도 지낼 수 있는 월세와 생활비가 남았다.

아빠가 남긴 휴대전화와, TV 프로그램 〈사랑의 리퀘스트〉에 출연해서 받은 후원금, 국가지원금 모두 위탁 가정에 빼앗겼다. 아빠의 휴대전화가 내게 있었다면 아빠의 지인분들께 도움을 요청할 수 있었을지도 모른다. 후원금을 지킬 수 있었다면 안정적으로 독립을 시작했을 것이다. 하지만, 이런 생각은 하지 않아야 했다. '만약 그랬더라면'하는 생각에 젖어 있으면 조금도 나아갈 수가 없다는 사실을 당시의 나도 알고 있었다. 끼익, 소리 나는 문을 숨을 참고 열었다. 발끝으로 계단을 조용히 걸어 나와 동네를 벗어날 때까지 내달렸다. 심장이 아프게 쿵쾅거렸다. 나의 청소년기가 끝나는 순간이었다.

이후 수년간 어떤 삶을 살고 싶은지 그려볼 겨를이 없었다. 원하는 삶을 그릴수록 마음을 다쳐서 생각을 포기한 면도 있었다. 다채로운 꿈과 달리 현실은 물을 잔뜩 먹어 무거운 먹색이었다. 당장 무엇을 모르는지도 모르는 상태에서 무작정 살아내기 바빴다. 평일, 주말을 쉬지 않고 일하는데도 돈이 줄줄 샜다. 제대로 된 소비 습관을 배워본 적이 없기 때문에. 밀린 요금으로 가스가 끊겨 얼음장 같은 물로 씻으면서 친구의 생일 선물을 먼저 사거나, 청약통장을 해지하면서까지 식사 자리에서 돈을 냈다. 지금에는 이해하기 어려운 내 행동들이 단순히 배우지 못해서가 아니라, 결핍 때문이라는 것은 좀 더 나중에 알게 되었다. 다시는 버림받고 싶지 않은 마음. 소중한 누군가를 떠나보내고 싶지 않은 간절함이 나의 모든 우선순위를 늘 이겼다.

이 책에는 11살에 세상에 홀로 남겨진 뒤 겪어야 했던 사건들과 아픔을 당시의 시선으로 솔직하게 담았다. 앞쪽에는 보호종료아동, 자립준비청년으로서의 삶을, 뒤쪽에는 내 삶을 있는 그대로 받아들이고 용서하는 과정을 이야기했다. 숨김없이. 깨지고 망가져 도저히 사랑할 수 없던 나를 인정하고 살아가는 나의 말들이 이 책을 읽는 분들의 마음 한 켠 지하실을 두드리고, 그 안에 숨은 진짜 '자신'과 만날 수 있는 시간이 되기를 소망한다.

모유진

어느 날 아버지에게 이런 이야기를 들은 적이 있다. '믿음이 좋은 것'은 다른 게 아니라 '내게 주어진 상황을 얼마나 잘 해석하는가'에 달려 있다고. 이 시대 청년들이 가지고 있는 가장 큰 아픔은 '자기 연민'이다. 이 세상에서 내가 제일 불쌍하고, 내가 제일 서럽고, 내가 제일 힘들다는 자기 연민에 취해 있다. 아이러니하게도 그것이 자신을 괴롭히고, 무너지게 만든다는 걸 알면서도, 쉽게 빠져나오지 못한다. 때로는 그 감정에 취한 채 살아간다. 불행함, 무기력함, 우울함에 빠져 이 시대를 살아가고 있는 청년들에게 이 책은 삶의 변곡점이 되리라고 믿어 의심치 않는다. 자립준비청년으로 살아온 모유진은 결코 순탄하지 않았던 삶을 이 책에서 숨김없이 말하며 자기 연민에 빠지는 것이 아니라, 그 모든 사건을 통하여 결국 현재의 '내'가 존재할 수 있었음을 고백한다. 그리고 때로는 불행까지도 삶이 깊이 뿌리 내릴 수 있는 법을 배웠던 시간이라 말한다. 따듯함과 부드러움으로 강인함과 우직함을 가르쳐주는 이 책을 이 시대의 청년들이 꼭 읽었으면 좋겠다.

최진헌. 전도사. 콘텐츠 크리에이터

1

탈출

스무 살이 된 해 어느 밤, 나는 위탁 가정을 탈출(?)했다. 위탁 가족과 잦은 부딪힘, 혼자 편히 지낼 방조차 없던 곳. 위탁 가정은 내게 이상적인 거주 공간이 아니었다. 더는 누구의 눈치도 볼 필요가 없는 나만의 안온한 공간을 꾸리는 것. 그게 당시 내가 가진 유일한 희망이었다.

낮 동안 눈치를 살피며 짐을 쌌다. 필요한 옷가지와 소중한 물건들. 초, 중, 고등학교 졸업 앨범과 처음 받은 트로피를 가방에 챙겼다. 밤이 깊어지자 식구들이 하나둘 방에 들어 갔다. 자정이 지나 모두 잠든 시각. 나는 양손 가득 짐을 들고 현관문을 살며시 열었다. 식탁 위에 편지 한 통을 남긴 채.

야반도주하듯 몰래 떠나기로 한 데는 이유가 있었다. 내 편

하나 없는 타집살이를 오래 겪으면서 당시 나는 물에 젖은 종이같이 위태로웠다. 조금의 비난이나 반대에도 마음이 쉽게 찢어질 것 같았다. 나를 보호하기 위해 식구들과 마주칠 가능성이 적은 밤에 떠나기로 결심한 것이다. 전날 낮에 부동산에 돌아다니며 대망의 첫 자취방도 미리 계약해두었다. 계약금 100만 원에 월세 50만 원. 그간 아르바이트를 하며 틈틈이 저축해두었던 쌈짓돈을 털었다. 이제 통장에는 한두 달 버틸 수 있는 생활비만 남아 있었다.

　　끼익―!

현관문을 살포시 닫고, 발끝만 디디며 조심조심 빠져나왔다. 그러고는 동네가 보이지 않을 때까지 내달렸다. 심장이 아프게 쿵쾅거렸다. 나의 청소년기가 막을 내리는 순간이었다.

낯선 문 앞에 서서 도어 록 비밀번호를 눌렀다. 고요하고 어두운 방. 딸칵, 불을 켰다. 전날 미리 대청소를 해놓은 터라 방 안은 깔끔했다. 비누 냄새가 약간 섞인 공기가 포근했다. 방에 하나뿐인 창으로 밖을 내다봤다. 건물이 겹겹이 쌓인 풍경이었지만, 왜인지 속이 탁 트였다. 당장 필요한 짐만 대충 풀고 잠자리를 마련했다. 아직 제대로 된 침구가 없어서 가져온 담요를 깔고, 점퍼를 이불 삼아 덮고, 후드티를 말아 베고 누웠다. 오랜 시간 비었던 방이라 냉기가 돌았다. 담요와 점퍼 사이로 차가운 기운이 스며들었다. 잠시 망설이다가 보일러를 틀었다. 이제는 난방을 오래 틀었다고 뺨 맞을 일도, 에어컨을 틀었다고 욕 얻어먹을 일도 없다. 단지 행동에 따른 결과를 책임지면 될 뿐이다.

15살이 되던 해부터 계획해온 독립. 위탁 가정에서는 원하는 것이 생길수록 아팠다. 점점 바라는 것을 포기해야 편해진다는 것을 배웠다. 예를 들면, 빨래를 한 번 세탁 바구니에 넣으면 짧게는 열흘, 길게는 2주 뒤에야 다시 입을 수 있었다. 7명이 함께 살며 나오는 엄청난 양의 빨랫감. 섬유 유연제를 쓸 여유가 없어 세탁된 옷에서 물비린내가 풍기는 일이 다반사였고, 양말은 몇 켤레씩 사도 금방 사라졌다. 집에 양말을 집어삼키는 구멍이라도 있는 것 같았다. 몇 벌 없는 속옷은 매일 손빨래를 해야 했다. 교복 치마 안에 입을 속바지도, 교칙에 따라 늘 신어야 하는 스타킹도 부족했다. 등굣길, 청테이프로 감싼 회초리를 들고 서 있는 선도부 선생님은 검정 다리들 사이에서 눈에 띄는 맨다리의 나를 불러냈다. 왜 스타킹을 신지 않았냐고 지적하는 선생님에게 나는 이렇게 변명하고는 했다.

> "저는 추위를 타지 않아서 스타킹을 잘 안 신어
> 요. 지금도 땀 나는걸요."

물론 실제로 열이 많은 체질이어서 나름 거짓말은 아니었다.

자립준비청년들은 많은 불안을 안고서도 독립을 꿈꾼다. 그들에게 자라는 동안 생필품이 넉넉했는지 물어보면 하나같이 얼굴이 일그러진다. 쉼터에서 정해준 하루당 사용할 수 있는 생리대 개수, 요구해도 바뀌지 않는 구멍 난 양말, 목이 다 늘어나고 바랜 티셔츠, 크기가 맞지 않는 속옷. 보호받는 동안 최소한의 물품으로 생활하다 보면 포기하는 만큼 마음 안 소망이 간절해진다.

나는 '깨끗하게 세탁한 옷'에 대한 소망이 강했다. 자취를 시작하고서, 흰옷과 색깔 있는 옷을 구분해 세탁하고, 세제와 섬유 유연제를 듬뿍 넣었다. 한 번 입은 옷은 무조건 빨았다. 옷을 바로바로 깨끗이 빨아 입지 못하고, 꼬질꼬질해질 때까지 입을 수밖에 없던 지난 기억들에 대한 보상이었다.

그러나 삶을 스스로 책임진다는 건 결코 쉽지 않았다. 매달 내야 하는 월세와 관리비. 생활비가 배로 늘었다. 레슨비를 더해 고정적으로 지출해야 하는 비용이 한 달에 120만 원. 보다 안정적으로 지내려면 150만 원 이상 필요했다. 대학 생활을 병행하며 이만한 돈을 매달 마련하는 일은 사실상 불가능에 가까웠다.

게다가 그즈음 건강에 적신호가 켜졌다. 어릴 때부터 쉬지 않고 해온 노동의 대가가 나타난 것이다. 위장 경련, 소화불량과 위산 역류를 달고 살아야 했다. 체력이 급격히 약해져서 걸핏하면 몸살에 시달렸고, 생리통도 이전보다 극심해졌다. 유독 아픈 날에는 먹은 약마저 게워내고, 응급실에 실려 갔다. 매달 반복되는 고통은 일상을 마비시켰고, 일터에서도 점차 외면받기 시작했다. 움직이는 반경이 좁은 편의점에서 일하는 것조차 어려웠다. 손님을 앞에 두고 주저앉아 신음하다 결국 다음 근무자를 급히 불러 조퇴하는 날이 갈수록 늘었다.

그러나 일을 쉴 수는 없었다. 삶을 대신 책임져주거나 도와줄 사람이 아무도 없었으니까. 혼자 감당하고 이겨내는 것이 당연하다고 스스로 조인 나머지, 누군가에게 도움을 구하는 시도나 작은 부탁조차 하기 쉽지 않았다. 결국 나는 어렵게 입학한 음악 대학을 그만두기로 결정했다.
만일 "교수님, 제가 경제적으로 어려운데 혹시 레슨비를 좀 더 깎아주실 수 있을까요?"하고 양해를 구했더라면, 교수님은 분명 흔쾌히 들어주셨을 것이다. 실제로 학교를 그만두겠다고 했을 때 교수님은 이렇게 말씀하셨다.

"유진아. 너 노래 정말 잘하는데…, 가능성이 많은데. 힘들면 얘기를 해야지."

하지만 나는 적당히 당차 보이는 핑계를 이미 마련한 뒤였다.

"노래 말고 다른 것을 해보고 싶어요. 노래보다 좋아하고 잘하는 것들이 있을지도 모르잖아요."

가끔 생각한다. 건강도 꿈도 휘청이면서 일을 놓을 수 없던 스무 살. 도움을 청하는 법을 그때 배웠더라면, 홀로서기의 무게를 조금은 덜어낼 수 있었을까. 도움받는 것은 전혀 부끄러운 일이 아님을, 도움을 청하는 일도 용기라는 것을, 도움을 받아봐야 줄 수도 있음을 조금 더 일찍 알았더라면.

자립준비청년들은 도움을 구해보지도 못한 채 혼자 동굴 안에 있는 경우가 많다. 혼자 겪는 어려움보다 거절이 더 무섭기 때문이다. 혹은 도움을 건넨 사람이 나름의 조언을 함께 건네며 질책이라도 한다면 '차라리 어렵고 말지' 하는 마음이 들었을 수도 있다.

도움을 받는다는 것은 나를 지켜봐 줄 사람이 한 명 더 생기는 것과 같다. 도움에는 상대가 잘되기를 바라는 마음이 담겨 있기 때문이다. 그래서 자립준비청년들에게 솔직하게 상황을 말하고 필요한 도움을 받는 것, 이후에 감사를 표하고, 나름대로 보답할 수 있는 것을 찾아 받은 도움을 조금이라도 갚는 법을 알려주어야 한다.

2

가족을 잠시
빌려주세요

초등학교 4학년 2학기. 뜨거운 여름 한가운데를 지날 즈음 전학을 갔다. 새로운 학교, 익숙지 않은 등굣길이었지만, 기억이 희미한 이유는 그런 것과는 비교할 수 없을 만큼 큰 변화가 있었기 때문이다. 아빠의 장례식이 끝난 뒤, 나는 우리 둘이 살던 집으로 돌아가는 대신 한 가정에 맡겨졌다. '위탁 가정'이라고 했다. 만 18세가 되어 자립할 때까지 보호받을 집이었다.

그 집에는 6명의 식구가 살고 있었다. 위탁 부모님 외에 4명의 자녀가 있는, 보기 드문 대가족이었다. 나름 외동딸로 지낸 지난 11년의 삶은 그곳에서 적응하는 데 조금도 도움이 되지 못했다. 남매 관계의 위계질서를 알 턱이 없었기 때문이다. 그러나 사실 가장 큰 문제는 따로 있었다. 위탁 부모님이 다른 가족 구성원과 협의하지 않고 나를 데려간 것이다. 첫째, 둘째 언니는 대학 입시를 코앞에 둔 수험생과 예비 수험생이었고, 셋째 언니는 예민한 시기를 겪고 있는 중학생이었다. 나와 동갑내기인 막내아들은 부모의 사랑을 듬뿍 받는, 가족 내에서 중요한 인물이었다. 아무리 봐도 내 자리는 보이지 않았다.

위탁 가정은 지뢰 찾기 게임 같았다. 지뢰 찾기 게임에서는 폭탄을 찾기 위한 규칙을 발견하기까지 이리저리 칸을 눌러 봐야 하는데, 그러다 보면 폭탄이 터진다. 위탁 가정은 지뢰밭이었다. 밟는 곳마다 누군가를 불편하게 했다. 그때마다 나는 어쩔 줄을 몰랐다. 나를 포함해 7명이 된 대가족이 사는 그 집에는 방이 3칸뿐이었다. 위탁 부모님이 쓰는 안방을 제외하고 남은 2개의 방을 잠자는 방과 공부방으로 나눠서 5명이 썼다. 공부방에서는 주로 수험생인 첫째, 둘째 언니가 지냈다. 언니들이 공부 중일 때는 문만 살짝 열어도 "나가"하는 단호한 목소리가 돌아왔다. 잠자는 방에 주로 있던 셋째 언니와는 사이가 그다지 좋지 못했다. 집에는 내가 마음을 편히 놓을 수 있는 공간이 없었다.

여느 가족이 그러하듯 나 역시 위탁 가정 식구들과 사는 동안 크고 작은 오해가 종종 생겼다. 오해를 풀어가는 방법을 배운 적이 없었던 터라 사소한 오해도 큰 다툼으로 번졌다. 한 번은 첫째 언니가 선물로 받은 오르골을 구경하고 있었는데, 오르골에 달린 유리구슬이 톡, 하고 떨어졌다. 당황한 내가 어색하게 웃으며 언니에게 "언니, 이 구슬이 톡, 하고 떨어지네?"라고 말을 건네자 언니는 내가 일부러 오르골을 망가뜨렸다고 생각하고 불같이 화를 냈다. 나는 실수라는 말을 어떻게 건네야 할지 고민하다 때를 놓쳐버렸다. 이후 관계를 겨우 조금씩 회복해가던 중 언니에게 미움을 단단히 사게 된 일이 하나 더 생겼다. 늘 두꺼운 책을 펼쳐놓고 공부에 열중하던 언니가 그날은 웬일로 컴퓨터 앞에 앉아 온라인 고스톱 게임을 하고 있었다. 고스톱은 아빠가 자주 하던 게임이라 나는 반가운 마음에 큰 목소리로 말을 건넸다.

> "와, 언니 맞고 치는 거지? 우리 아빠도 이거 엄
> 청 잘했어!"

하지만 언니는 내 말을 듣자마자 신경질적인 얼굴로 나를 쏘아보았다. 부모님의 눈을 피해 몰래 게임을 하는 중이었던 것이다.

'새로운 식구'를 맞는 일은 가족을 이루는 모두에게 중대한 사건이다. 사람이든, 식물이든, 동물이든 생명이 있는 존재와 새로 함께하는 일은 충분한 시간을 들여 책임감을 갖고 고민해야 한다. 최근에 반려견을 가족으로 맞은 친구가 있다. 친구는 입양 전부터 관련 서적과 영상을 보며 공부하고, '하나의 생명을 감당할 수 있는가?'라는 질문을 끊임없

이 자신에게 던졌다. 아이를 가족으로 맞을 때도 이런 정도의 책임감은 가져야 맞지 않을까. 새 가족으로 함께하게 된 아이를 받아들이는 가정에서 섬세하고 사려 깊게 준비해야한다. 기존 가족 구성원 전체의 동의가 가장 먼저 이뤄져야 하는 것은 물론, 서로가 모르고 살아온 시간 동안 겪었던 상처나 결핍의 존재를 인식하고, 불편한 일이 생기더라도 보듬으며 살아갈 것을 약속하는 과정을 거쳐야 한다. 같은 생활 공간을 나눠 쓰기 이전에 먼저 만나서 서로를 알아가는 시간이 마련되면 더 좋다. 이런 순서 없이 하루아침에 위탁 가정의 구성원이 된 나는 아무런 방법도 모른 채 점점 혼자 고립되었다. 위탁 가정에서의 시간은 7년이 지난 지금도 떠올리면 두 눈이 질끈 감길 만큼 외롭고 괴로운 시간으로 남았다.

3

불안을
다루는
방법을 잃다

위탁 가정 내에서 나와 잘 지냈던 유일한 식구는 동갑인 막내아들이었다. 우리는 함께 자전거를 타고 동네를 휘젓고 다니거나 떡볶이를 나누어 먹을 정도로 가깝게 지냈다.

그러던 어느 날, 갈등이 폭발하는 사건이 일어났다. 그날도 어김없이 함께 놀던 막내아들과 나는 한 가지 나쁜 계획을 세웠다. 이마트에서 장난감을 훔치기로 한 것이다. 우리는 아이답지 않게 먼저 커터 칼을 훔친 후 장난감 상자를 칼로 뜯어 내부에 담긴 장난감만 가지고 밖으로 나왔다. 그러나 이마트는 아이들의 주된 표적이었고, 보안팀은 그렇게 허술하지 않았다. 무사히 밖으로 나가나 싶은 순간, 정장을 입은 아저씨들이 우리 둘 앞을 가로막았다. 아저씨들 손에 이끌려 낯선 곳으로 들어간 우리는 두려움에 떨며 사실대로 털어놓았다. 보안팀 아저씨들은 우리를 경찰서에 넘기는 대신 부모님에게 전화를 걸었다. 마트를 빠져나오는 걸음이 발에 돌덩어리를 매단 것처럼 무거웠다. 앞으로 더 무서운 일이 기다리고 있음을 짐작했기에.

집으로 돌아간 우리는 호되게 맞았다. 무자비하게 맞는 서로를 지켜보며 자신의 순서를 기다렸다. 50대가량 맞았을까. 잊지 못할 최악의 체벌이 다가왔다. 막내아들과 나를 서로 마주 보게 한 뒤 서로 때리도록 명령한 것이다. 처음에는 미안해서 약하게 때렸는데, 약하게 때린 사람은 곧바로 위탁 부모님의 매질을 당해야 했다. 막내아들과 나는 위탁 부모님에게 맞지 않기 위해서 서로를 향하는 주먹에 점점 힘을 실어야 했다. 그날부로 우리의 우정은 산산조각이 났다.

내게 불안을 다스리는 힘이 사라진 많은 일 중에 이날을 유독 꼽은 이유가 있다. 우리는 같은 잘못을 했지만, 막내아들과 내가 혼난 이유는 달랐다. 나는 순진한 막내아들을 꾄 영악한 여자애가 되었다. 위탁 부모님은 아들에게 나와 함께 다니지 말라고 하셨다. 악몽 같은 체벌 시간이 끝난 후 나는 방에 혼자 남겨졌다. 문틈으로 본 거실에서는 위탁 부모님이 아들을 안아주며 사랑한다고 달래고 있었다. 마치 나 혼자 차게 식은 액자 속에 있는 것 같았다. 아들은 어머니 품에 안겨 서러운 눈물을 쏟아냈고, 나는 방문 뒤에서 혼자 눈물을 훔쳤다. '난 사랑 받는 게 아니구나. 이게 남의 집에 산다는 거구나.' 그렇게 나는 서러움과 두려움 사이에서 마음을 정리하지 못한 채 잠이 들었다.

비슷한 상황을 여러 번 겪은 후, 나는 불안을 다루는 법을 완전히 잃어버렸다. 위탁 가정에서는 늘 뒤꿈치를 들고 살살 걸어 다녔고, 밖에서도 모든 사람의 눈치를 살폈다.

시간이 흐를수록 위탁 가정 식구들과 감정의 골이 점점 깊어졌다. 나조차 나를 위탁 가정의 이물질이라 여겼다. 위탁 가정에 들어간 지 2년쯤 지났을 때부터는 하교 후에도 집에 곧바로 가지 않고 밖에서 서성였다. 가족이 모두 잠들어 집 안에 불이 꺼진 다음에야 조심스레 들어가 쪽잠을 청했다.

가족과 평생 함께 사는 입양과 달리 보호가 종료되면 떠나야 하는 가정과 식구들. 잠시 빌려 쓰는 가족. 그곳에서 나는 이방인이었다. 언제든 쫓겨나거나 떠날 수 있다고 생각하며 자랐다.

'부모는 아이에게 신과 같은 존재다'라는 말을 들은 적이 있다. 신과 같은 부모를 잃은 경험을 하고, 위탁 가정이나 시설이라는 낯설고 새로운 상황에 놓인 아이에게는 분명하고 깊은 상처가 있다. 그러나 충분한 시간을 함께하며 신뢰를 쌓아가다 보면 차차 편안함을 느끼게 되기도 한다. 그 과정에서 때로 아이가 모난 모습을 보이더라도, '이제 이런 모습도 보일 만큼 우리를 신뢰하는구나' 하고 보호자가 조금은 너그러이 받아들인다면 서로의 벽을 허무는 데 도움이 될 것이다. 필요한 상황에서는 훈육도 물론 필요하다. 그때도 친자식이 아니어서 혼내는 게 아니라, 애정을 바탕으로 하는 훈육, 옳은 방향으로 바로잡기 위해 하는 노력이라는 것을 아이가 느낄 수 있도록 꼭 표현해주기를 바란다.

4

13살 알바생

아빠가 돌아가시기 전 마지막으로 남긴 〈사랑의 리퀘스트〉 방송 출연료와 2,000만 원의 후원금은 안타깝게도 내게 한 푼도 돌아오지 않았다. 나를 맡은 위탁 가정에서 모두 가졌기 때문이다. 매달 나오는 정부 지원금마저도. 그중 일부라도 내게 온전히 전달되었다면 조금 더 안정적으로 자립을 시작했을 텐데, 하며 여러 해 동안 속을 끓였지만, 이제는 이렇게 글로 적는 것으로나마 위안 삼는다. 낡고 늘어난 옷, 색이 바랜 가방처럼 눈에 보이는 결핍을 최소화하기 위해서, 나는 초등학교 6학년이 되자마자 아르바이트를 시작했다.

가장 처음 한 아르바이트는 전단 배포였다. 동네의 국밥 가게, 배달 위주로 영업하는 치킨집, 아파트 상가 내 작은 분식집들을 돌아다니며 전단을 돌릴 아르바이트를 구하는

지 물었다. 대부분 퇴짜를 맞았다. 돈이 왜 필요하냐며 일단 앉아보라고 하시는 사장님도 있었다. 굳은 표정으로 드르륵, 의자를 내어주는 손을 보자 덜컥 겁이 나서 꾸벅 인사하고 나올 때가 많았다. 내 힘으로 돈을 벌 수 있다는 희망이 차차 꺾여갈 때쯤, 집에서 점점 멀어져 20분 거리에 있는 중국집에 들어섰다. 다짜고짜 전단 아르바이트를 구한다고 말하는 나를 여자 사장님이 흥미롭다는 눈길로 보았다. 그러더니 짜장면 한 그릇을 내주시고는, 전단 붙이기는 장당 35원이며 아파트 단지를 돌면서 붙이고 돌아오면 된다고 알려주었다.

'장당 35원. 1,000장을 돌리면 35,000원이구나.'

짜장면을 먹으며 머릿속으로 계산을 마쳤다. 3만 5천 원이라니, 당시 초등학생에게는 정말 큰돈이었다. 그 정도면 친구가 초대하는 생일 파티에 선물을 사 갈 수도 있고, 매일 5,000원씩 쓴대도 1주일을 생활할 수 있었다. 마음에 희망이 일렁였다. 짜장면 그릇을 비운 뒤 가게 한켠에서 스카치테이프를 떼어 전단에 겹겹이 붙였다. 한 시간쯤 되자 손가락이 빨갛게 물들고 따갑기 시작했지만, 나름 요령을 찾아가며 빠르게 옮겨 붙였다. 테이프를 붙인다고 시간을 지체하면 전단을 돌리는 동안 해가 저물어서 나중에는 컴컴한 아파트 계단을 내려와야 했기 때문이다. 첫 배정지는 가게에서 비교적 가까운 아파트 단지였다. 걸어서 10분이면 도착하는 곳이었다. 하지만, 아파트에서 전단을 돌리는 일에는 생각보다 많은 장애물이 있었다. 비밀번호를 입력해야 열리는 공동 현관이 있는 아파트는 안에서 사람이 나오기를 기다리며 시간을 지체해야 했고, 그사이에 운 나쁘게 경비 아저씨와 마주치면 단단히 혼나고 쫓겨났다. 아파트 한 라인에 40장 정도를 붙일 수 있었는데, 1층은 경비 아저씨에게 발각되기 쉬워서 웬만하면 피했다. 반나절 동안 쉬지 않고 움직여야 500장을 겨우 붙일 수 있었다. 그래도 내 손으로 돈을 벌어 부족한 것을 채울 수 있다니, 힘들어도 버틸 수 있었다. 그러나 첫 일거리였던 중국집 아르바이트는 2달을 채 넘기지 못하고 막을 내렸다. 어느 날 너무 고된 나머지 남은 전단을 아파트 상가에 숨겼다가 곧장 들켰기 때문이다.

이후로는 주유소, 치킨집, 피자집, 카페, 아파트 분양 사무소, 뷔페, PC방 등, 할 수 있는 일이라면 뭐든지 했다. 학교가 끝나면 교복 차림 그대로 일터로 향했다. 교복 위에 앞치마를 두르고 각종 튀김과 돈가스를 튀겼다. 중3이 되었을 때는 키즈 카페에서 일했는데, 웬만한 레스토랑 못지않은 곳이었다. 해물 볶음면, 탕수육, 떡볶이, 우동, 동치미 국수까지, 전직 호텔 조리사였던 사장님이 만든 메뉴가 다양했다. 다른 키즈 카페보다 일의 강도가 셌지만, 좋은 점도 있었다. 하루 일을 마감할 때 사장님은 메뉴 중 몇 가지를 조리해서 저녁 식사를 넉넉히 챙겨주셨다. 내게는 꿀 같은 일

자리였다. 초등학교 6학년 때부터 늘 아르바이트를 해오던 나는 용돈을 받는 또래들과 비슷하거나 조금 더 풍족한 지갑을 가질 수 있었다. 그렇게 번 돈으로 생리대와 속옷, 식비와 휴대전화 요금, 생활비 등을 해결했다. 그러고도 남으면 저축했다. 가끔은 아르바이트 대타를 뛰러 학교에 결석하기도 했지만, 당시 내게는 학교에서의 보이지 않는 배움보다 당장 생활에 도움이 되는 돈이 중요했다.

고3 수험생이 되어서도 여전히 아르바이트와 학업을 병행했다. 음대 입시를 보기로 결심하고서는 대학 교수님께 레슨을 받기 시작했는데, 점점 아르바이트 수익으로는 레슨비를 메꿀 수 없는 지경에 이르렀다. 고민 끝에 내게 지원되는 국가 보조금을 쓰게 해달라고 위탁 부모님께 말씀드렸다. 당연히 내게 쓰여야 하는 돈이지만, 그때까지도 위탁 부모님이 관리(사용)하고 있었다. 두어 차례 말을 꺼내 봤지만, 해결되지 않아서 직접 주민센터를 찾아갔고, 보조금이 지급되는 계좌를 내가 실제로 사용하는 계좌로 바꾸었다. 이 일로 나는 위탁 부모님의 눈총을 받게 되었고, 위탁 가정에서 지내는 일은 더욱 가시방석이 되었다. 하지만, 진작 내게 쓰였어야 마땅한 돈이므로 좀 더 일찍 내 통장으로 옮기지 않은 게 아쉬울 따름이었다. 아무래도 경제권을 가지기 시작하고 점점 자립할 나이에 가까워지면서 위탁 부모님의 권력이 늘 절대적이진 않음을 알았기 때문일 것이다. 주위에서 내게 이따금 건네는 말도 크게 도움이 되었다.

"유진아, 네 잘못 아니야." 이런 한마디를 들을 때, 나를 신뢰하는 마음을 조금씩 키울 수 있었다.

레슨은 시간당 10만 원 정도 했다. 당시 내 사정을 전해 들은 교수님은 레슨비를 7만 원으로 깎아주셨지만, 반주비까지 하면 여전히 10만 원 정도였다. 일주일에 한두 번 레슨을 받으러 안양으로 갔는데, 그달의 레슨비가 모자랄 것 같으면 아프다고 둘러대고 레슨을 뺐다. 게다가 어렵게 비용을 낸 레슨을 온전히 받는 경우도 드물었다. 잘해야 한다는 부담감, 삶에 대한 막막함이 폭풍처럼 일 때면 레슨을 받을 때조차 참지 못하고 눈물이 터져 나왔다. 내 눈에 눈물이 그렁그렁 맺히기 시작하면 강우성 교수님은 나를 앉혀놓고 따뜻한 차를 주셨다. 하지만 같은 상황이 반복될수록 교수님도 독하게 마음먹고 혼을 내기 시작하셨다. 한번 울고 나면 목이 잠겨 정상적인 레슨이 불가능하기 때문이다. 내 상황을 아는 교수님은 나만큼 내가 노래를 잘하기를 바라는 분이셨다. 채근하시는 교수님만큼 내 마음도 답답해 도망가고 싶은 지경이었다. 6분에 만 원짜리 레슨. 한 번의 레슨을 위해서는 대략 15시간을 일해야 했다. 이런 생각이 이어질수록 설움과 정신 차려야 한다는 독한 마음이 섞여 눈물로 쏟아져버렸다.

입시 생활이 길어질수록 아르바이트도, 레슨실에 가는 것도 점점 지쳤다. 얼마나 더 버텨야 이 삶이 편해질지 알 수 없었다. 무엇보다 이 무게를 알아주는 사람이 없었다. 부모님의 울타리 아래 있는 친구들을 보고 있으면 괜히 못난 마음이 들었다. 내가 밤낮으로 노력해야 가까스로 얻을 수 있는 것들을 그들은 너무 쉽게 갖는 것처럼 느껴졌다. 친구들의 삶은 금방 깰 수 있는 이지 모드 게임 같은 반면, 내 삶은 공략법을 어디서 어떻게 찾아야 하는지 실마리조차 얻기 힘든 하드 모드 게임 같았다. 미운 생각을 한바탕하고 나서는 스스로 달랬다. '지금 몸으로 배운 것들은 나중에 다 쓸 데가 있을 거야. 분명히.'

결과적으로 그 말이 지금의 나를 만든 건 분명하다. 사람의 능력이 선천적으로 타고나는 재능과 후천적으로 개발되는 능력으로 나뉜다면, 나는 후자가 발달한 사람이다. 나는 법을 가르치려는 어미 새가 일부러 아기 새를 둥지에서 내몰 듯, '할 수밖에 없는 혹독한 상황'에 내몰릴 때 후천적인 능력이 깨어난다. 또래 친구들보다 일찍 사회에 나가 몸으로 부딪치고 배운 시간은 결국 나의 시야를 넓히고, 다양한 경험을 쌓아주었다. 친구들이 이제야 경험하기 시작한 일들을 나는 조금 먼저 익혔고, 지금도 살아가며 많은 곳에서 쓰고 있다. 평생 쓰일 능력을 일찍 배운 것이다.

이를테면 지인의 가게에 놀러 가는 경우, 분주한 분위기 속에서 무엇을 도와주어야 하는지 바로 알아차린다. 직원을 대신해서 주문을 받기도 하고, 손님에게 서글서글하게 말을 건네기도 한다. 특히 윗사람과 함께하는 자리에서 내가 무엇을 해야 할지 분위기 파악을 잘하는 편이다. 별것 아닌 것 같지만, 사는 데 도움이 된다.

아직 살이 무르고 여린 13살, 이른 노동을 한 탓에 비 올 때면 팔목이 아프기도 하고, 허리가 뻐근할 때도 있다. 하지만 잃는 게 있으면 얻는 것도 있다고, 어린 날의 결핍과 어려움은 내게 살아갈 수 있는 도구들을 많이 남겨주었다.

5

나로
살아가기

자립의 걸음을 뗀 지 8년, 이제 조금씩 주위에 자취를 시작하는 친구가 늘어난다. 사회생활을 하면서 독립을 멋지게 이뤄낸 친구들은 생각보다 많은 시행착오를 겪는다. 그리고서는 한마디씩 건넨다. "그동안은 엄마가 다 해줘서 몰랐는데 살림이 진짜 힘들구나."

사람들이 당연하게 여기던 내 홀로서기의 무게를 인정해주면서 나도 자신을 보는 눈이 달라지기 시작했다. 쉬운 삶이 아니었구나. 언제든 포기할 수 있었는데 지금까지 잘 견뎠구나. 이제야 나를 안아준다. 고생했다. 하루도 쉽지 않았지. 가정에서 배워야 할 것들을 제때 배우지 못해서, 세상에서 배울 때는 대가가 따라서 얻은 상처도 경험도 참 많았구나.

물론 우리 집에 놀러 왔다가 조언을 늘어놓는 이들도 여전히 있다. 이전에는 정말 내가 부족한가 싶어서 풀이 죽거나 주눅이 들었다면, 이제는 나도 웃으면서 말할 여유가 생겼다. "어이구, 집에서 화장실 청소라도 스스로 하고 잔소리해-!"

혼자서 집을 가꾸는 것이 기특하고 멋진 일임을 이제는 잘 알기 때문이다.

나는 가끔 눈을 감고 혼자 살면서 느끼는 것들을 정리해보곤 한다. 가장 먼저 떠오르는 것은 아침이다. 아무도 깨워줄 사람이 없는 아침. 마음먹고 눈을 뜨지 않으면 그날 일과를 모조리 펑크낼 수도 있다. 보통은 괴로워도 일어나야 할 이유가 있다. 가족 때문일 수도 있고, 자신 때문일 수도 있다. 사람들이 주어진 일정을 꿋꿋이 해나갈 수 있는 이유를 나는 사실 잘 모른다. 살면서 나를 포기하는 일이 가장 쉬웠기 때문이다.

이전에 한 자립준비청년 친구와 통화할 일이 있었다. 며칠째 밖에 나가지 않았다는 친구에게 통화를 하면서 산책할 것을 권했다. 친구의 대답은 뜻밖이었다.

"산책하고 나서도 나아지지 않으면 포기해도 돼요?"

나는 포기해도 된다고 담담히 말하고 친구의 산책길을 전화로 함께했다. 친구는 생각보다 기분이 나아졌다고 했다. 밥이라도 같이 해 먹고 싶은 마음에 친구에게 다음 주 토요일에 일정 없으면 놀러 오라는 말을 건넸다.

> "약속을 지킬 자신이 없어요. 저는 저를 못 믿겠
> 어요."

고독한 아침, 자립준비청년뿐 아니라 혼자 아침을 맞아야 하는 사람이라면 공감할지도 모르겠다. 몸을 일으키고 문 밖으로 나가는 과정이 두려워 다시 잠으로 도망가는 마음을.

그 친구의 모습은 낯설지 않았다. 내게도 아침을 피해 도망 가는 모습이 있었다. 이런 모습이 보일 때는 스스로 지나치 게 나무랐다.

> '미쳤구나. 돈 없고 배고프던 때로 돌아가고 싶
> 구나.'

비난에 비난을 덧발라 어떻게든 몸을 일으켜 하루를 살게 하려고 했다. 그러다 어딘가에서 '잠이 많아질 때는 사는 게 두려운 것'이라는 말을 들었다. 그 말을 듣고, 나는 받아 들였다. 하루하루가 내게 버거웠음을. 내가 열심히 살아도 자기 일처럼, 가족 일처럼 기뻐해 줄 사람이 없는 삶이 두려웠음을.

그럴 때, 찰나의 순간에 슬픔이 밀려오고는 한다. 결핍과 외로움이 마음에 번진다. 오늘 하루는 어땠는지 궁금해하는 사람이 없을 때. 진심 어린 잔소리를 해줄 사람이 곁에 없다는 걸 실감할 때. 잔소리를 듣다가 "엄마는 아무것도 몰라!"하고 토라져 보고 싶지만, 역시 그럴 수 없다는 걸 깨달을 때. 겉보기에는 어른이지만, 나도 여전히 가족이 필요한 나이다. 중요한 일이 있는 날이면 함께 알맞은 옷을 고르고 옷매무시를 가다듬어줄 엄마, 조심해서 다녀오라며 문 앞에서 배웅하는 아빠가 내게도 필요하다. 단순히 집안일을 혼자 책임지면서 일을 해야 한다는 것을 넘어 하루가 다르게 자라가는 내 모습을 지켜봐 줄 사람이 없다는 것. 어쩌면 홀로서기의 진짜 무게란 이런 것일까.

그래도 괜찮다. 누구나 그렇듯, 앞으로도 결핍을 발견하는 날들이 올 것이다. 서러움이 마음을 두드리고, 눈가를 적시는 날도 올 것이다. 결혼하고 나면 시댁을 보며 내 편이 되어줄 친정이 없음을 서러워하고, 김장 김치를 보내주는 곳도, 신랑과 싸우고 잠시 피할 곳도 없음에 마음이 좋지 않을지도 모른다. 그래도 괜찮다. 그때 가면 또 생각해내면 된다. 아무도 가르쳐주지 않았지만, 나로서 살아가는 방법을.

8

깊게 내린
뿌리

내가 아주 어릴 적에 아빠는 늘 떠돌아다녔다. 아빠가 떠돌던 곳은 보통 '하우스'라고 불리는 도박장과 경마장, 술집과 다방이었다. 그 외의 곳에는 차마 어린 딸을 데리고 갈 수 없었는지, 아빠는 나를 몇몇 집에 맡겨두고 사라졌다가 며칠이 지나서야 돌아오고는 했다. 가장 자주 맡겨진 집은 나의 가장 어린 기억이 시작되는 곳, 그린비다. 커다란 육교 아래 자리 잡은 10평 남짓한 술집. 안개 낀 숲에 내리는 녹색(green) 비, 또는 비를 그리다라는 뜻을 가진 그곳에 나는 빨간 바구니와 함께 맡겨졌다. 빨간 바구니는 3살 아이가 살아가는 데 필요한 옷가지와 생활용품이 든 단란한 이삿짐이었다.

그린비는 가게 안쪽에 딸린 작은 방과 손님을 맞는 홀로 이루어져 있었다. 어른들은 내가 작은 방에서 얌전히 지내기를 바랐지만, 나는 꽤 당찼다. 가게에 손님이 오면 홀로 나가 근무하는 이모들처럼 손님 옆에 앉았다. 눈을 반짝이며 대화를 경청하고 있으면 손님에게 종종 천원 단위로 돈을 받기도 했는데, 나는 그걸 칭찬으로 받아들였다.

내가 맡겨진 곳은 그린비 외에도 여러 곳이 있다. 그중 유독 기억에 남는 곳은 청록빌라의 어느 가정집이다. 그 집에 가기를 가장 꺼렸기 때문이다. 그 집 아주머니는 본인 기준보다 음식을 많이 먹으면 타박했고, 달걀프라이를 반쪽만 주었다. 수시로 내 몸을 만지려 든 그 집 아저씨도 그곳을 질색했던 이유다. 6살이었던 나는 아저씨의 행동에 어떤 의도와 의미가 있는지 몰랐지만, 그 일을 아무에게도 이야기하면 안 된다는 생각이 들었다. 무언가 잘못된 상황임을 본능적으로 인지하고 수치심을 느꼈던 것 같다. 아저씨가 나를 만졌다는 사실을 사랑하는 아빠가 알면 안 될 것 같았다. 안전을 살피고 보호해줄 부모가 없던 나는 종종 크고 작은 불쾌한 상황에 심심치 않게 내던져졌다. 그러는 동안 내가 인식하는 '남성'이라는 존재, 그들을 바라보는 나의 시선에는 붉은 멍이 들었다. 청록빌라에서 유일하게 얻은 것은, 시계를 보고 시간을 읽는 법을 배운 것뿐이다.

타집살이를 했던 다른 한 곳은 병점사거리 근처 상가 지하에 있던 예스 다방이다. 이모들이 보온병에 커피를 타서 스쿠터로 배달을 가거나 매장에서 손님들을 맞는, 그야말로

옛날식 다방이었다. 나는 종종 이모의 스쿠터 앞에 같이 타
고 배달을 갔다. 특히 이모들은 '진상' 손님한테 갈 때 나를
데려갔다. 아무래도 아이와 함께면 손님들이 이모들을 함
부로 대할 수 없어서 그랬던 것 같다. 어린 나이였지만 나는
어렴풋이 눈치챌 수 있었고, 이모들에게 도움이 될 수 있어
기뻤다. 예스 다방 이모들은 내게 프리마를 많이 먹으면 안
된다는 것과 별 그리는 법을 가르쳐주었다.

"유진이는 입만 살았어. 물에 빠지면 입만 동동
뜰 거야."

예스 다방 이모들과 그린비 사장님이 자주 하던 말이다. 나
는 나이에 비해 말을 야무지게 했다. 모기에게 뜯겨 온몸이
빨갛게 부어오른 내게 아빠가 모기퇴치기를 달아주었을 때,
그린비 사장님이 일부러 "이게 뭐야? 모기 띠치기야?"하며
장난을 치면, 나는 "아줌마 바보예요~? 이건 띠치기가 아니
라 퇴치기예요, 모기 퇴! 치! 기!"하고 또박또박 말했다고
한다. 일찍부터 언어적 재능이 남달랐던 것으로 보일 수도
있겠지만, 내가 말을 잘했던 이유는 '주위에 또래가 없어서'
였다. 같은 속도로 이해하고 말을 맞춰볼 친구가 없었기 때
문에.

이모와 삼촌, 어른 손님들 사이에서 자라야 했던 날들. 그
곳에는 내 말을 찰떡같이 알아듣고 필요를 채워주는 부모
가 없었지만, 오히려 그 덕에 나는 언어를 빠르게 익힐 수
있었다.

다방 이모들은 어린 내 말을 꽤 경청해주었다. 그래서인지
이모들과 이야기하는 게 나는 즐거웠다. 하루는 한 이모에
게 자동차마다 표정이 있다는 것을 설명하고 싶었다. 그날
이모를 똑 닮은 자동차를 봤기 때문이다.

"있지, 이모 닮은 차가 있어!"

"나를 닮은 차(Tea)가 있다는 거지?"

"아니~, 마시는 차 말고 자동차! 장난꾸러기처
럼 생긴 차도 있고, 이빨이 있는 차도 있어. 화
가 난 자동차도 있는데, 이모는 슬프게 생긴 차
를 닮았어!"

이모는 눈앞의 어린아이가 무슨 말을 하고 있는지 선뜻 이
해하지 못했다. 설명하는 나로서는 답답한 일이었지만, 돌
아보면 그때 '말하는 법'을 배웠다. 하고 싶은 말을 일방적
으로 쏟아내는 것이 아니라 상대가 잘 알아들을 수 있도록
말하는 방법을. 〈몸으로 말해요〉 같은 예능 프로그램을 보
면, 제시어를 맞혀야 하는 사람이 헤맬 때 힌트를 주는 사
람이 더욱 다양한 몸짓을 활용한다. 어떻게 하면 제시어를
효과적으로 표현하고 전달할 수 있는지 아주 골똘하게 고
민해야 한다. 그러는 과정에서 웃음이 터지는 포인트가 생
기기도 하고, 시청자에게 즐거움도 선사한다. 그러면서 점
점 정답에 가까워진다. 나와 이모들도 마찬가지였다. 이모
들과 이야기하며 고민하면서 표현이 늘었고, 익혀둔 것들
은 내 몸에 배어 있다가 필요한 순간이 오면 적절하게 쓰였
다.

이모들이 내 말을 단번에 알아들었거나, 알아들은 척하고
넘겼다면, 혹은 어린아이 말이라고 무시했다면 얻을 수 없
던 기회였다. 실제로 대부분의 어른은 "몇 살이야? 이름이

뭐야?" 같은 간단한 질문을 던지고 나면 나에게 더 이상 말을 걸지 않았다. 그다음 이어지는 어른들의 대화를 어린 나는 이해하고 싶었는지도 모르겠다. 그러다 보니 유독 말이 빨리 늘었던 것 같다. 예스 다방 이모들은 나를 동등한 인격체로 대했다. 내 말을 이해하지 못했다고 솔직하게 말했고, 내 이야기를 끝까지 경청해주었다. 그 경험들이 오늘날 내가 사람들의 의견을 잘 들은 뒤 내 언어로 그들을 설득할 용기를 주고, 나와 같은 자립준비청년을 대변하는 일을 할 수 있도록 만들었다.

얼마 전 은사이신 윤성언 선생님이 운영하시는 카페에 갈 일이 있었다. 카페에는 선생님이 손수 돌보는 여인초가 있었다. 천장에 닿을 듯 쭉 뻗은 여인초의 자태를 보고 감탄하는 내게 윤 선생님이 이런 말을 해주셨다.

> "식물을 건강하게 잘 키우려면 말이야. 의외로 물을 넉넉하게 주면 안 돼. 약간 모자란 듯 줘야 해. 그럼 이 녀석이 물을 찾기 위해서 오히려 뿌리를 깊게 내리고 더 튼튼하게 자라거든. 물을 너무 넉넉하게 주면 뿌리를 애써 내리지 않아. 그럴 필요가 없으니까."

선생님의 말씀을 들으며 어쩌다 한번 찾아오는 아빠를 기다리던 그린비와 청록빌라, 예스 다방에서의 일들이 떠올랐다. 외로움과 결핍을 안고 지낸 시절이었지만, 그것은 윤 선생님 말씀처럼 뿌리를 더 깊게 내려서 혹독한 비바람을 견딜 수 있는 튼튼한 사람이 되기 위한 시간이었는지도 모른다. 양분과 돌봄이 부족했던 만큼 나는 스스로 물을 찾고 뿌리를 깊숙하게 내리는 법을 배웠다. 힘겹게 뻗은 뿌리는 앞으로 다가올 가뭄이나 태풍도 거뜬히 버텨낼 수 있게 도와줄 것이다.

7
모유진

쉬는 시간. 재잘대는 아이들 사이 장난기 어린 얼굴의 남자애 몇이 나를 둘러싸고 놀려댔다.

　　"자연 분만! 모유 수유!"

TV 코미디 프로그램 〈개그콘서트〉의 '출산드라' 캐릭터가 한창 유행하던 때, 독특한 성의 내 이름은 또래들에게 놀리기 좋은 소재였다. 가정 과목 수업 시간, 아이의 탄생과 성장에 관해 수업하던 선생님이 아이들에게 질문을 던졌다. "엄마 모유 먹고 자란 사람?" 친구들이 하나둘 손을 들었다. 태어난 직후 엄마와 떨어진 나는 모유를 먹고 자라지 않았을 확률이 높았다. 손을 들지 않는 내 모습을 보고 반 아이들은 이름값을 못 한다며 웃어댔다.

"아빠, 내 이름은 누가 지었어?"

"할아버지가 돌아가시기 전에 지어주셨어."

"나는 내 이름이 란이었으면 좋겠어. 모란. 얼마
 나 예뻐?"

사진으로만 뵈었던 할아버지가 남긴 유일한 유품, 이름. 나는 유진이라는 이름이 그다지 마음에 들지 않았다. 반에서도 한두 명은 가지고 있는 흔한 이름이었기 때문에. 다만 성이 특이해서인지 사람들은 내 이름을 한번 들으면 잊지 않고 기억했다. 문제는 나쁜 소문과 화젯거리도 그만큼 빨리 퍼지고 오래 기억되었다는 것이다.

학창 시절, 나는 지독한 소문에 휩쓸려 살았다. 옆 동네 학교의 내가 모르는 아이들이 내 소문과 이름을 알 정도였다. 아마 내 성이 이름처럼 흔했다면 걸어서 1시간 걸리는 동네까지 헛소문이 퍼지지는 않았을 거라고 생각한다. 사람들에게 기억된다는 것은 양면성을 지닌다. 많은 사람이 자신을 세상에 알리고 싶어 하면서도 잊히기를 바라는 것처럼. 중고등학교 시절의 나는 기억되기보다, 잊히기를 간절히 바랐다.

어린 나이에 세상에 홀로 남겨진 내게 세상은 모르는 무언가로 가득 차 있었다. 특히 누군가와 친밀해지는 법, 의견을 조율하는 법, 사과하는 법 등 사람을 대하는 모든 방법이 내가 모르는 창고에 있는 것 같았다. 세상을 사는 법이

들어 있는 창고의 열쇠를 어디 가야 찾을 수 있는지 도무지 감이 잡히지 않았다. 그 탓에 나는 학창 시절 대부분을 따돌림 속에 자랐다. 비난과 폭력 사이에서 시달리는 청소년기를 보내야 했던 내 마음은 생채기로 가득했고, 시간이 갈수록 형체가 뭉개졌다.

그런 내게 손을 건네준 사람이 있었다. 퀼른 음악학원의 김다혜 원장님. 덕분에 나는 수업료를 내지 않고 피아노와 성악을 배울 수 있었다. 원장님은 버스비가 없어 한겨울에도 자전거를 타거나 걸어 다니는 내게 매일 버스비를 쥐여 주셨다. 내게 공부를 가르칠 임귀남 선생님을 소개해주시기도 했다. 선생님은 내가 중학교 3학년이었던 때부터 재수를 했던 20살까지 수업료를 받지 않고 공부를 가르쳐주셨다. 일반적인 학습을 넘어 인생에 정말 필요한 것을 알려주셨다. 가계부 쓰는 법, 노트에 TO DO LIST를 정리하며 시간을 효율적으로 관리하는 법 같은 것들. 선생님은 늘 내가 더 나은 삶을 살기를 바라셨다. 그래서인지 나는 임 선생님만 만났다 하면 눈물을 쏟았다. 선생님 말씀이 위로가 돼서, 때로는 나를 돌봐주는 선생님에게 죄송해서, 어떤 날에는 마음이 아파서 울었다. 그러나 당시에는 그 마음의 정체를 몰랐기에 왜 우는지 설명할 재주가 없었다.

무더위에 지치기 딱 좋은 어느 여름날, 나는 동네 분식집으로 향했다. 곳곳에 손때가 묻은 작은 상가 안, 투박한 손을 가진 주인아주머니가 운영하는 오래된 분식집이었다. 동네 아이들이 주 고객층이었던 그곳은 가격이 저렴하고 음식 양이 푸짐했다. 그날도 저녁거리를 주문하고 앞에 서 있을 때, 귀에 익은 목소리가 들려왔다.

"유진아, 그걸로 끼니를 때우는 거야? 밥이 돼?"

뒤를 돌아봤더니 임 선생님이 웃는 얼굴로 서 계셨다. 나는 선생님을 보자마자 놀랍게도, 바로 울어버렸다. 선생님은 당황한 얼굴로 나중에 보자며 황급히 자리를 뜨셨다. 분식 집 아주머니가 저 사람은 누구냐며, 왜 우냐며 채근했지만, 나는 별다른 대답을 하지 못했다. 그저 눈물을 닦으며 떡볶 이와 튀김이 담긴 봉지를 받아 들고 가게를 나섰다.

시간이 훨씬 지난 뒤에야 그날 흘린 눈물의 의미를 깨달았 다. 누군가 내 끼니를 걱정해주는 게 고마워서, 무엇으로 배를 채우는지 관심을 받아본 경험이 적었기에 선생님의 한마디가 큰 따뜻함으로 다가왔던 것이다. 하지만 남자 선 생님을 보고 눈물짓는 내 모습이 동네 사람들의 오해를 샀 는지, 임 선생님은 그날 이후 나를 직접 만나는 빈도를 줄 이는 대신 전화를 걸어주셨다. 내게 도움이 될 좋은 말들, 내가 가지면 좋을 마음가짐, 선생님이 돌보는 다른 학생들 의 이야기 등 수화기 너머로 많은 가르침을 건네주셨다. 나 는 전화할 때도 매번 울곤 했는데, 한번은 선생님께서 내가 잠시 진정할 수 있도록 화제를 돌려 문장 하나를 받아 적으라고 말씀하셨다.

Intelligent and genuine person in all aspect

모든 면에서

유능하고

진실한 사람.

선생님은 "사람은 자신이 생각하는 대로, 또 불리는 대로 살아간다"는 말을 덧붙이며 내 이름에 새로운 의미를 부여해주셨다. 누군가 내게 '이름처럼 살고 있느냐'고 묻는다면, 부끄럽고 한참 부족하지만, 이름과 가까운 사람이 되기 위해 나아가고 있다고 대답할 것이다. 내 이름은 나를 더 나은 사람이 되게 한다. 상처 입고 뒤틀린 눈물 속에 가려져 있던 작은 가능성을 발견하고 믿어준 사람이 있었기에. 내 이름의 진가를 알아봐 준 사람 덕분에 지금의 나는 내 이름이 참 특별하고 소중하다.

8

아카시아꿀과
파 뿌리

종종 만나는 한 살 어린 친한 동생이 있다. 일찍 결혼한 동생에게는 어린 아들이 있다. 최근에 오랜만에 연락하며 "아기 몇 살이야?" 하고 묻자 동생은 "미운 네 살이야"라고 답했다.

내가 미운 네 살이던 해. 천식이 찾아왔다. 점점 증상이 심해져 호흡곤란이 오고, 열이 매일같이 끓었다. 기침을 한번 시작하면 10분이 넘도록 쉬지 않고 해댔는데, 기관지와 폐가 쪼그라드는 것 같은 고통을 느꼈다. 먹었던 음식마저 기침 끝에 토해낼 정도였다. 병원을 찾아갔지만 '기도 확보가 어려워서 수술이나 치료조차 불가능하다'는 대답이 전부였다. 나를 데리고 그린비로 돌아온 아빠는 그린비 사장님과 아빠의 지인인 버스 기사님 앞에서 축 늘어져서는 말했다.

"방법이 없대요…."

고개를 떨군 아빠를 지켜보던 기사님이 『동의보감』 같은 한의학책부터 민간요법과 관련된 온갖 책을 구해왔다. 얼마간의 연구 끝에 기사님은 내 체질에 맞는 약재를 찾아냈다. 아카시아꿀과 파 뿌리였다. 기사님은 파 뿌리를 달인 꿀을 매일 아침저녁으로 내게 먹였다. 유치원에 갈 때도 요구르트병에 담은 꿀을 선생님께 건네면서 '꼭 먹여달라'고 신신당부했다. 다행히 나는 기사님의 정성 아래 점차 건강을 회복했다. 곧잘 폐렴까지 악화되고는 하던 감기가 가벼운 선에서 멈추게 되었고, 증상도 서서히 잦아들었다.

시간이 흐른 뒤, 학교를 마치고 음악 학원에 가는 길에 작은 한약방 앞을 지나게 되었다. 문을 활짝 열어둔 한약방에서 퍼지는 냄새가 코에 스쳤다. 분명히 아는 냄새였다. 반가운 마음에 한약방 안으로 들어가 물었다.

"사장님! 이거 아카시아꿀에 파 뿌리 달이는 냄새 맞죠?"

10여 년이 지났는데도, 몸은 나를 살린 약재를 똑똑히 기억하고 있었다. 그날 그린비에서 기사님을 만나지 못했더라면 내가 지금까지 살 수 있었을까. 생명의 은인과도 같은 기사님을 나는 이제 '오산 큰아빠'라고 부른다. 오산 큰아빠는 내가 '오산 큰엄마'라 부르는 그린비 사장님과 여전히 동네 이웃이자, 친구로 지내고 있다.

어느 날 오산 큰엄마가 문득 이런 말을 했다.

> "살 사람은 산다고, 어떻게 그때 큰아빠를 딱 만 났냐."

살 사람. 그날 큰엄마가 한 말은 내가 나를 '살 사람'이라고 생각하도록 만들었다. 좌절하기 쉬운 상황에 부딪힐 때도 내 안 어딘가에 자리 잡고 있던 말들이 울려 퍼졌다.

> '유진아, 너는 살 사람이야.'
> '병원에서도 포기한 너를 끝까지 살게 한 이유 가 있을 거야! 너는 세상에 꼭 필요한 사람이야.'

말에는 확실히 힘이 있다. 말의 힘을 실감하게 되면서, 힘든 일이나 마음이 어려운 시기를 겪고 있는 친구를 만날 때면 먼저 그의 상황과 마음을 듣고 깊이 공감한 다음, 믿음을 실은 말을 건네게 되었다.

> "분명 네가 감당할 만한 사람이어서 이 어려움 이 왔을 거야. 너라면 답을 찾고, 시간이 걸리더 라도 이 일을 발판으로 삼을 수 있을 테니까. 벽 은 가로막기만 하는 게 아니라 넘어서는 법을

알려줄 거야. 이번 일이 네가 필요한 것을 배우고 얻는 계기가 돼줄 거야."

벽을 넘을 수 있음을 믿어주고, 시간을 함께 견뎌주면 신기하게도 어려운 사건을 상처가 아닌 경험으로 받아들이는 것을 볼 수 있다.

어느 TV 프로그램에서 출연자 중 하나가 "사람들은 고난에 무너지는 것이 아니라 '이유 없는 고난'에 무너진다"고 이야기하는 장면을 본 적이 있다. 그는 군대에서의 일화를 사례로 들었다. 예를 들어 군인들에게 대뜸 삽으로 땅을 파내게 한 뒤, 구덩이가 만들어지면 다시 메우게 한다. 그리고 메운 땅을 또다시 파게 한다. 이렇듯 이유도 의미도 없는 명령과 고된 일을 반복시키면 땅을 파던 군인들이 더는 참지 못하고 무너진다고 한다. 이 사례를 들은 다른 출연자들도 공감한다는 듯 웃었다. 그 일화를 들으며 나는 이런 생각이 들었다. 삶은 사건보다 해석이 중요한 게 아닐까. 땅을 파라는 명령 자체가 무의미하고 상황이 부당하게 느껴지더라도, 땅을 파는 일만은 어떻게든 쓰임이 있을 거라 믿는다면 내 삶의 도움닫기가 될 수 있지 않을까. 그렇게 되면 땅 파는 일이라는 어려움은 똑같아도 상황을 받아들이는 태도는 완전히 달라진다. 어려운 여건에서 스스로 의미를 찾고 긍정적으로 해석하며 견딜 수 있다면, 그 시간은 결국 나 자신에게 필요한 것을 얻는 계기와 경험이 된다. '땅 파는' 일이

의미 없음을 깨닫는 경험이라도 얻는다. 그렇기에 삶을 받아들일 때 해석과 의미가 환경보다 중요하다는 말을, 나는 믿는다.

9

사랑의
리퀘스트

아빠가 오랜만에 그린비에 찾아온 날이었다. 어느 순간부터 나는 그린비 사장님을 큰엄마라고 부르게 되었는데, 사장님이 오산으로 이사하면서부터는 '오산 큰엄마'라고 부르게 되었다(오산 큰엄마는 지금도 오산에 살고, 올해 칠순을 맞으셨다). 테이블에 앉은 아빠는 큰엄마와 간만에 담소를 나눴다. 심각한 이야기가 오가는 듯하다가도 금세 웃음소리가 번졌다. 두 분이 나눈 대화 내용은 기억나지 않지만, 기억에 선명히 남은 일이 그날 일어났다.

아직 해가 완전히 떨어지지 않은 이른 저녁, 딸랑-, 하는 종소리와 함께 문이 열렸다. 문을 열고 들어온 두 남자는 근처에서 일하는 외국인으로 보였다. 그들은 대뜸 큰엄마에게 뭔가를 달라고 요구했고(그들이 달라고 한 게 무엇이었는지는 기억에 없다), 큰엄마는 '없다'는 말을 반복하며 난

처해하셨다. 큰엄마가 여러 번 거절하자 두 사람은 곧 큰소리를 내기 시작했다. 그들과 큰엄마 사이에 묘한 긴장감이 돌았다. 그때 조용히 지켜보던 아빠가 일어나 둘을 밖으로 데리고 나갔다.

그린비의 오른쪽에는 커다란 육교가 있고, 정면에 기찻길이 놓여 있었다. 간간이 지나는 기차가 경적을 울렸고, 육교 뒤로는 붉은 노을이 지고 있었다. 가게 문을 등지고 두 남자를 마주 본 아빠가 주먹을 말아쥐고 스텝을 밟기 시작했다. 아빠가 입은 연 청바지의 허리춤에 달린 열쇠 꾸러미가 스텝에 맞춰 찰랑찰랑, 소리를 냈다. 짧은 대치전이 끝나고 주먹이 오가나 싶은 순간, 호루라기 소리가 멀리서부터 가까워지면서 경찰이 빠르게 달려왔다. 아빠는 경찰의 반대편으로 내달렸다. 오산 큰엄마는 나를 끌어안고 그 장면을 숨죽여 지켜보셨다. 그날 이후 며칠 동안 아빠를 볼 수 없었는데, 큰엄마는 아빠가 이번에 경찰서에 가면 제일 무서운 곳으로 가야 해서 몸을 피한 거라고 말해주셨다.

아무튼 그날은 만 3살 인생 중 가장 인상 깊은 날이었다. 자칫하면 위험할 뻔했던 큰엄마를 구해준 아빠가 영웅으로 보였다. 당시 아빠가 입고 있던 연 청바지가 깊은 인상으로 남았는지 지금도 연 청바지가 잘 어울리는 사람을 보면 호감을 느끼곤 한다.

아빠가 내게 '진짜 영웅'이 된 순간은 그린비에서의 사건 이후 약 8년 정도 지났을 무렵이다. 아빠는 내가 태어나기 전부터 간경화를 앓고 계셨다. 그 때문에 아빠는 경과를 확인하기 위해 주기적으로 검진을 받으셨다. 큰 이상 없이 병원을 드나들던 어느 날, 하루아침에 아빠는 간암 말기 판정을 받았다. 아빠는 어린 내게 알리지 않고, 짐을 싸서 큰아버지와 함께 기도원으로 들어갔다. 아빠는 6남매 중 막내였는데, 학창 시절 한 달 동안 학교에 빠지고 들과 산으로 놀러 다닌 탓에 담임 선생님이 산골짜기까지 찾아오게 할 만큼 말썽꾸러기였다고 했다. 큰아버지는 벼랑 끝으로 내몰린 동생과 무려 40여 일 동안 금식 기도를 함께했다. 금식 기도를 끝내고 아빠가 찾아간 병원에서는 영화에서나 나올 법한 일이 일어났다. 담당 의사가 도저히 믿지 못하겠다는 얼굴로 이렇게 말했다.

　　"아니, 어떻게 이런 일이⋯. 암세포가 전부 사라
　　　졌어요."

아빠는 기적처럼 완치 판정을 받았고, 이 사건은 아빠 인생의 크나큰 전환점이 되었다.

건강해진 아빠는 과거의 삶을 청산하고 새사람이 되었다. 아빠는 내가 혼자 걸을 수 있을 때부터 일요일이면 나를 교회에 맡겼는데(신앙이 있다기보다는 돈 안 들이고 아이를 맡기는 곳 정도로 생각하셨다), 건강을 되찾고서는 평생의 친구였던 술과 담배, 도박을 단칼에 끊고, 교회에 다니기 시작했다. 주말이면 깔끔한 정장을 입고 군부대와 교회에 간증하러 다니셨다. 어두운 세계의 조직원 생활을 했던 과거와 느닷없이 얻은 병으로 죽음의 문턱에 선 순간에 기도의 힘으로 살아난 아빠의 이야기는 많은 사람을 울렸다. '디스 플러스' 담배가 아닌 은단이 든 아빠의 셔츠 앞주머니, 생기가 도는 얼굴과 독기가 사라진 눈빛, 한결 온화해진 말투. 사람들은 아빠가 새로 태어났다고 했지만, 나는 아빠가 자신의 본래 모습을 되찾은 것으로 보였다.

그래서일까. 나는 삶에 기적이 있다고 믿는다. 7포 세대. 꿈을 꿀 수 있는 일보다 포기해야 할 게 많은 우리 현실 속에 여전히 나도 어려움을 겪는다. 매달 계좌 잔액을 확인하는 것도, 공과금 고지서가 날아오는 것도, 자고 일어나면 오르는 물가도 유가도 두렵지만, 내 안에는 아빠가 남긴 푸른 기적이 있다. 그리고 기적은 가장 어두운 시기에 찾아온다는 것을 안다. 내 삶이 절망을 향해 치달을수록 아빠를 찾아왔던 기적을 기억한다. '암을 딛고 새 삶을 찾은 아빠의 이야기처럼, 고아로 자란 내가 꿈을 찾을 때 사람들은 내 이야기로 힘을 얻을 거야'하고 내게 속삭인다.

그리고 2년 후 아빠의 병은 재발했다. 병을 이겨냈던 이전과는 상황이 다르게 흘러갔다. 아빠는 이제야 겨우 꾸린 단란한 보금자리보다 병실에서 지내는 날이 늘어갔다. 하루가 다르게 말라가는 얼굴과 퉁퉁 부은 팔다리, 복수로 가득 찬 배. 먼 친척이라는 사람들이 갑자기 오는 병문안. 나를 제외한 모두가 아빠를 떠나보낼 준비를 하고 있었다.

아직 의식을 붙잡고 있던 시기에 아빠는 중요한 일을 결심했다. KBS 〈사랑의 리퀘스트〉 프로그램에 출연하기로 마음먹은 것이다. 누구에게도 아픈 티를 내지 않던 아빠가 어떻게 전국에 방송되는 프로그램에 나가기로 마음을 먹었을까. 의문이 들기 시작한 것은 내가 성년이 된 이후였다. 아빠는 내게 물려줄 만한 게 아무것도 없었다. 초등학교도 졸업하지 않은 만 9살 딸을 세상에 혼자 남겨두고 떠나는 일은 아빠에게 큰 걱정거리였을 것이다. 방송을 통해 나오는 후원금이라도 내게 남겨주고 싶지 않았을까. 죽음의 문턱 앞에서 낼 수 있던 마지막 용기가 아니었을까 생각한다.

프로그램 피디들은 병실에 누운 아빠와 나의 사연을 이틀에 걸쳐 담았다. 선선한 봄이었고, 그들은 봄만큼 친절하고 따뜻한 사람들이었다. 아빠는 에너지를 최대한 끌어모은 모습으로 인터뷰를 했다. 우리의 이야기는 봄날이 지나고 찾아온 청청한 여름에 전파를 탔다. 아빠는 텔레비전 속 우리 둘을 보지 못하고 떠났다. 모든 생명이 피어나는 계절에 아빠 혼자 저물었다.

장례식이 끝날 때까지 나는 의외로 거의 울지 않았다. 아빠의 괴로운 시간이 끝나서 다행이라는 마음 반, 무거운 장례식이 얼른 끝나면 좋겠다는 마음 반이었다. 나 자신에게 약간 소름 끼칠 정도로 마음이 차분했다.

아빠를 보낸 날 차분했던 이유를 시간이 많이 흐른 지금에서야 조금씩 깨닫는다. 내가 아빠의 죽음에 담담했던 것이 아니라는 걸. 나는 극심한 충격과 슬픔으로부터 나를 분리해 차단해버린 것이었다. 종잇장처럼 말라가는 얼굴과 노랗게 물들어가는 아빠의 눈. 곁에서 지켜보면서 해줄 수 있는 일이 없다는 무력감이 스트레스를 만들었고, 슬픔마저 거두었다. 어떻게 슬퍼해야 하는지 몰라서, 그 감정을 통째로 뚝 뜯어내어 마음 깊은 곳 보이지 않는 곳에 재빨리 묻어버렸다. 그리고 시멘트를 부어 단단히 굳혔다. 어떠한 금이나 틈이 생기지 않도록, 아빠의 죽음과 부재가 떠오르지 않도록.

함께하던 물고기나 햄스터가 세상을 떠났을 때, 아끼며 가꾸던 화분이 말라버렸을 때도 '그곳'에 얼른 묻어버렸다. 눈물조차 스며들지 못하게. 하지만 상처 위에 굳은 시멘트는 안전하지 않다는 것을 안다. 해소되지 못한 채로 꾹꾹 갇혀 있던 감정들이 언젠가 터져 나온다면, 시멘트 위에 간신히 지어놓은 수많은 것이 단번에 무너져버릴 수도 있을 것이다.

그래서 요즘은 그때그때 충분히 슬퍼하고 속상해하는 법을 익히는 중이다. 시멘트를 조금씩 부수는 작업을 하는 것이다. 그 아래 묻힌 여린 땅에는 어쩌면 감당할 수 없을 만큼 거대한 감정이 있을 수도 있고, 빛을 보지 못한 씨앗이 갇혀 있을 수도 있다. 15년 동안 슬퍼하지 못했던 만큼 두려워하고 있을 작은 나를 만나고 싶다. 그리고 충분히 슬퍼하지 못했던 나에게 따뜻한 말을 건네고도 싶다. 아빠에게 힘이 되기에는 받은 것도 아는 것도 적고 어렸다고, 지금까지 자라 온 것만으로도 무척 기특하다고. 영웅 같았던 아빠의 모습과 사랑을 간직하며 함께 아빠를 보내드리자고.

10

마권을 줍는 아이

아빠는 가끔 나를 경마장에 데려갔다. 그곳에 있는 사람들은 달리는 말을 보며 환호하다가 소리를 지르기도 하고 이따금 욕설을 뱉기도 했다. 나는 열심히 달리는 말에게 왜 욕을 하는지 이해할 수 없었다. 게다가 말이 출발할 때 들리는 총성은 귀가 터질 듯 시끄러워서, 그 소리에 반응해서 달려야만 하는 말이 안쓰럽게 느껴졌다. 말 경주에 아무 흥미도 느낄 수 없던 나는 바닥에 떨어진 마권 중 깨끗한 것만 골라 모으면서 시간을 견뎠다. 하루는 마권을 차곡차곡 정리해다가 유치원에 가져갔는데, 친구들은 관심이 없었고, 선생님은 놀라셨다.

그날도 아빠 옆에 앉아 경주 레일을 바라보고 있었다. 열광하는 아빠를 두고 조용히 마권을 주우러 바깥으로 나왔다. 경기장 밖 광장에는 내 키보다 높은 커다란 무대가 있었다.

그곳에서는 장기자랑이 한창이었다. 당찼던 4살의 나는 장기자랑을 신청하고 순서를 기다렸다. 내 차례가 되자, 걸을 때마다 삑-삑 소리가 나는 신발을 신고서 높고 커다란 무대를 올라 태진아의 〈사랑은 아무나 하나〉를 불렀다. 사실 내가 아는 가사는 1절이 전부였지만, 관객들의 호응이 뜨거워서 내가 2절까지 부를 수 있도록 사회자가 가사를 보여주었다. 무대가 끝난 뒤 시상식에서 나는 인기상을 타고 연필깎이를 상품으로 받았다. 태어나 처음으로 살림살이를 번 순간이자 인생 첫 무대를 치른 날이었다.

아빠의 반응은 심심했다. 연필깎이를 타왔다고 자랑하는 나를 힐끔 보고 피식 웃으셨다. 그리고 곧 앞을 보고 운전하셨다. 하지만 나는 그 반응이 꽤 마음에 들었다. 아빠는 평소 '사랑한다'라든지, '고맙다' 같은 감정 표현을 하는 분이 아니었다. 그런 아빠가 나를 보며 지은 작은 미소가 내게는 찬사로 들렸다. 그날부터 내 안에 노래를 잘하고 싶다는 마음이 싹트기 시작했다.

내 기억으로는 아빠도 노래를 꽤 잘했던 것 같다. 아빠는 노래방에서 녹음해둔 카세트테이프를 가끔 차에서 틀어두고는 했는데, 어떤 노래였는지 명확하게 기억나진 않지만, 나는 아빠 차에 타면 자주 이렇게 말했다.

"아빠 노래 틀어줘."

아빠는 친구들을 만날 때 나를 데리고 다니는 일이 많았는데, 하루는 아빠가 친구들에게 자랑 섞인 투로 말했다.

> "유진이가 차만 타면 내 노래 테이프를 틀어달
> 라고 해."

그렇게 말하는 아빠의 기분이 은근히 좋아 보여서 나도 따라서 미소가 지어졌다. 이후로는 차에 타면 무조건 아빠 노래를 틀어달라고 졸랐다. 아빠의 노래가 담긴 그 카세트테이프를 지금 갖고 있다면 좋을 텐데. 아빠 목소리가 어땠는지조차 가물가물해져 버렸다.

고등학교 때, 시립교향악단 지휘자를 아빠로 둔 친구를 만난 적이 있었다. 친구는 자신의 어린 시절을 회상하며 아빠가 지휘할 때 그랜드피아노 밑에 이불 펴고 잠이 들었다고 이야기했다. 배가 아팠다. 피아노 아래에서 단잠을 자면서 자기도 모르게 쌓였을 음악성, 악기에 대한 이해와 친밀감이 탐났다. 그것을 얻기 위해 누군가는 반복해서 음악을 들으며 노력할 때, 부모님 덕에 자연스럽게 얻었다는 게 억울하게 느껴졌다.

하지만, 이제는 부모님에게 받은 재능에 대한 질투가 줄었다. 아빠도 내게 많은 것을 물려주셨다는 것을 점점 알았기 때문이다. 아빠와 살며 열댓 번도 넘게 다닌 이사와 타집살이 덕에 어디서든 가리지 않고 잘 자고, 적응도 빠르다. 아

프거나 추운 것도 잘 참는다. 큰일을 겪어도 쉽게 좌절하지
않고, 꿋꿋이 자라서 그 이야기로 〈아라보다〉라는 노래를
작곡하고, 가사도 썼다.

> 당신이 저물던 그날에
> 하지 못한 말이 있어
> 다시는 그날의 향기를 알 수 없어도
> 당신을 닮아 잘 살 수 있어
>
> ― 〈아라보다〉 중에서

아빠가 눈 감던 날, 마지막이라는 게 무엇을 의미하는지 알
았다면 꼭 해주고 싶은 말이 있었다.

> "나는 아빠 닮아서 잘 살 수 있어요. 그러니 내
> 걱정하지 말고 하늘에서 만나요."

11

유일한 쉼터,
나의 작은
옷장 속

학창 시절에 따돌림을 오래 당했다. 괴로운 마음을 꾹 참고 학교에 가면 화장실에 숨어 있거나 책상에 엎드려 자는 척을 했다. 대게 수업을 다 마치지도 않고 가방도 제대로 챙기지 못한 채 도망치듯 빠져나왔다. 그러나 집으로 돌아가도 경멸의 시선만이 기다리고 있었다. 위탁 가정에서 보는 나는 학교도 안 가는 '불량 청소년'이었다. 그 누구도 내 편에 서지 않았고, 말을 해도 닿지 않았다. 좁은 집 어디에 몸을 뉘어도 딱딱하고 차가운 돌바닥 위에 있는 것처럼 시렸다. 현관 바깥에서 누군가 계단을 지나는 소리만 들어도 온몸이 떨렸다. 그런 나에게 마음을 놓을 수 있는 유일한 곳은 옷장이었다. 옷장 안에 있을 때 가족의 시선에서 자유로울 수 있었으니까. 평온하고 고요한 곳. 나는 아무도 보지 않을 때 옷장 문을 열고 들어간 뒤 안에 웅크린 채 가족이 모두 밖에 나가거나 잠들 때까지 쥐 죽은 듯 쉬고는 했다.

여느 때처럼 옷장 안에 웅크리고 잠에 들던 날, 방문이 덜 컥 열리고 고함이 들려왔다. 당장 나오라는 말에도 조용히 숨을 죽인 채 상황이 지나가기를 기다렸다. 그날로부터 나는 위탁 가정에서 버틸 수 있던 유일한 안식처를 잃었다. 이 제는 아침에 교복을 입고 밖으로 나서는 시늉이라도 해야 했다. 바닥만 보고 걸어 도착한 학교 앞, 나는 도저히 교문을 넘어설 자신이 없었다. 수업이 한창인 학교를 뒤로한 채 정류장으로 걸음을 옮겼다. 그리고 아무 버스나 잡아탔다. 종점에 닿을 때까지 잠을 자다가 기사 아저씨가 깨우면 다른 버스를 타고 다시 잠들었다. 학교에 가지 않은 학생이 교복을 입은 채로 다닐 수 있는 곳은 많지 않다. 버스는 수많은 사람이 타고 내린다. 사람들의 적당한 말소리, 창틈으로 들어오는 바람을 느끼며 잠에 드는 것. 옷장을 잃은 내가 찾은 가장 안전한 쉼터였다. 심지어 버스는 5번까지 환승이 가능했다. 학교 마치는 시간까지 버티기에도 딱이었다. 물론 너무 멀리 가는 노선을 피하고 적당히 집으로 때맞춰 돌아오도록 약간의 계산은 필요했다.

요즘은 학교 밖 청소년들을 돕는 프로그램들이 차츰 생겨나고 있다. 반쯤 학교 밖 청소년이었던 내 경험으로, 아이들에게 필요한 것은 머물 곳이다. 특히 여학생이라면 안전이 보장된 곳이 필요하다. 왜 학교에 가지 않았는지, 부모님의 연락처는 무엇인지 캐묻지 않고 받아줄 수 있는 곳. 아이들도 저마다 학교에 가지 않는 이유가 있다. 불안하고 위험한

거리보다 학교가 더 괴롭기 때문에 선택하는 것이다. 그 누구도 갈 곳 없이 방황하는 삶을 원하지 않는다. 어른들이 이유 없이 직장에 결근하지 않듯, 아이들도 원인 없이 학교에서 도망가지 않는다. 설령 학교에 가지 않는 목적이 단순히 탈선이라 할지라도 그 길을 선택한 이유가 있다. 단지 건강하게 문제를 표현하는 방법을 배우지 못했을 것이다. 그것도 아니라면 충분히 표현해도 들어줄 곳이 없는 것이다. 이런 눈으로 아이들을 바라본다면 왜 그들이 멸시와 눈총을 받는 길을 택했는지 들려줄 것이다.

어쨌건, 어린 내가 머물 학교와 집이 아닌 곳, 6년간 다녀본 곳 중 나를 위해 가장 좋은 곳은 의외로 가까이 있었다.

12

학교보다
넓은 배움터

'버스 방황'을 마치고, 광역 버스에 올라타 신논현역으로 향했다. 커다란 갈색 건물 지하에 자리 잡은 교보문고. 나이가 지긋한 어른부터 어린아이까지, 남녀노소 가리지 않고 서가 한켠에 쭈그리고 앉아 조용히 책을 읽는 모습이 좋아 보였다. 그 속에 섞이고 싶었다. 나도 하루 한두 권 정도의 책을 골라서 읽었다. 누군가 왜 학교에 가지 않냐고 묻는다면 내세울 만한 말도 생겼다.

> "학교에서는 배우고 싶지 않은 것들을 강요해요.
> 저는 제가 배우고 싶은 것을 직접 선택하고 싶
> 어요."

매일의 독서는 나 자신과 세상을 긍정적인 눈으로 바라보도록 해주었다. 살면서 거의 쓸 일이 없을 2차 방정식 공식을 배우고 예상 문제를 푸는 것보다 훨씬 가치 있는 것들을 배운다는 생각마저 들었다. 무엇보다 무언가에 집중할 수 있는 내가 기특했다. 책은 온전히 내가 얻고 싶은 것을 주었다. 읽을 때뿐만 아니라 덮고 나서도 깊은 생각과 고민을 지속하게 해주었다. 특히 '나'에 대해 생각할 수 있도록 도왔다. 겉으로 보이는 모습, 또 보이기 위한 가짜 모습이 아니라 내면을 돌아보고 고민할 수 있게 질문을 던져주었다. 집중해가며 책을 한 장씩 넘길 때마다, 새로운 감동과 깨달음을 한 겹씩 얻었다.

그러다 문득 궁금해졌다. 사람들은 왜 책을 읽을까. 이제는 걸어 다닐 때나 사람들로 꽉 찬 출근길에서도 오디오 북을 듣는 사람이 많다. 더 나은 사람이 되기 위해서. 무언가 배우고 싶어서. 그냥 책이 좋아서 등 여러 이유가 있겠지만, 가장 큰 이유는 자신을 보게 하는 데에 있다고 생각했다. 티브이와 유튜브 같은 영상에는 너무 많은 정보가 담겨 있다. 거기에는 '보여주기 위한 모습'이 담겨 있다.

드라마의 배우들은 지나치게 예쁘고 멋지다. 그들이 사는 집은 하나같이 모델하우스처럼 깨끗하다. 바닥에 떨어진 머리카락이나 자기 전에 벗어놓은 양말 같은 건 보이지 않는다. 아침마다 막 세탁해서 널어놓은 빨래 건조대에서 옷을 꺼내 입는 나와 달리 드라마 속 배우들은 정리된 옷장에서 먼지 하나 없는 거울을 보며 옷을 고른다. 그래서인지 드라마를 보면서는 내가 깨닫고 싶은 것들이 온전히 와닿지 않는다.

반면에 책은 그런 정보들에서 자유하다. 책을 읽으면서 저자가 바람이 잔잔하게 불어오는 들판에서 돗자리를 깔고 피크닉 가방 앞에 누워 글을 쓰는지, 질끈 묶은 머리와 동그란 안경을 쓰고 글을 쓰는지 알 수 없다.

예전에 누가 그랬다. 부의 양극화뿐 아니라 여가 양극화도 갈수록 심화될 것이라고. 부유한 사람들은 야외 활동을 즐기고 다양한 취미 생활을 향유하는 반면 가난한 사람들은 온라인 영상을 보는 것이 유일한 취미가 되는 세상이 올 거라고. 실은 이미 그런 세상을 향해 나아가고 있다. 기획에 의해 연출된 세상을 보며 어느새 그것이 진짜 세상이라고 믿게 되는 일이 정말 우리가 원하는 삶일까.

나는 능동적으로 살고 싶다. 누군가 사는 모습을 보며 시간을 보내는 게 아닌 직접 내 손으로 만지고 숨으로 느끼고 싶다. 책은 그런 마음을 불러일으킨다. 잠시 산책을 하게 하고 조용한 공원에서 노트를 꺼내 사근사근 적게 한다. 유튜브를 서너 시간 보고 나서 '와 오늘 잘 살았다' 한 적이 하루도 없다. 책은 오래 붙들고 있을수록 내 마음을 시원하게 한다.

책을 멀리하는 친구를 만나면 카페에 가서 책을 한 권 건네주고 같이 읽는다. 처음에는 칠색 팔색하고 휴대전화나 뒤

적거리던 친구는 어느새 팔랑거리며 책을 눈에 담는다. 어느새 몰입한 자신에게 만족하며 생각보다 책 읽는 시간이 좋았다고 말한다. 이렇게 몇 차례 반복하면 나를 만날 때면 책을 읽겠거니 하고 받아들인다. 어느 순간 삶이 마음에 들지 않거나 게임과 영상들로 삶이 해결되지 않을 때 책을 스스로 찾아 드는 순간이 올 것이다. 그리고 나는 그때, 그들에게 선물 같은 시간을 주는 책을 쓰고 싶다.

13

아침 기분은
몇 점인가요?

어느 날부턴가 사람들에게 이런 질문을 했다.

"아침에 일어났을 때 기분이 몇 점이에요?"

매길 수 있는 점수의 범위를 −100점부터 +100점까지로 잡
는다면, 다른 사람들은 눈을 뜨자마자 기분이 몇 점일까.
가장 많았던 점수는 '0점'이었다. 그리고 질문을 받은 사람
대부분은 아침에 일어났을 때 자신의 기분이 어떤가 하는
생각을 생전 처음 해본다고 말했다. 이 질문을 여기저기 묻
게 된 것은 나의 아침과 사람들의 아침이 사뭇 다르다는 것
을 살갗으로 느꼈기 때문이다.

아침에 눈을 떴을 때의 나는, 세상에서 가장 초라하고 가능
성 없는 사람이 된 기분이다. 근거도 없는 온갖 절망적 상황

과 예상이 머릿속에 뒤엉켜 있다. 침대에서 일어나 일상생활을 하기 위해서는 그 생각들을 하나씩 논박해야 했다. 아침 기분에 점수를 매겨본다면 -80점 정도. -100점이 당장 죽음을 생각할 만큼 우울한 상태라고 가정한다면 말이다. 특히 그날 일정에 노래하는 일이 있거나, 누군가를 만나야 하거나, 중요한 프로젝트라도 있는 날이면 눈을 뜨는 것조차 버겁다. 전부 망치는 상상부터 하면서 깨기 때문이다.

예를 들어 노래를 부르는 일정이 있는 날이라면, 나도 모르게 감기 걸리는 상상을 수십 번 하게 된다. 꿈까지 꾸기도 한다. 꿈속에서는 목소리가 제대로 나오지 않아 당황하거나 아주 중요한 부분에서 음 이탈을 하기도 한다. 결국 나는 준비가 덜 되었다는 평가를 받고 절망하는 장면이 꿈에서 빠르게 상영된다. 어쩌나 디테일하고 반복적인 꿈인지 나중에는 그 상황이 현실이라고 믿어질 정도다.

이런 생각들은 확실히 컨디션을 좌우했다. 대학 입시를 보던 시절에는 실제로 몸이 아팠다. 10번의 시험 중 8번을 고열에 시달리며 시험장에 들어갔다. 아침에 목을 가다듬고 소리를 내보면 그날의 목 상태를 어느 정도 알 수 있는데, 실기 시험 하루 이틀 전에 꼭 목이 부었다. 소리를 내는데 성대가 잘 붙지 않거나 점점 열이 났다. 아직 오지도 않은 파국을 반복해 예상한 결과였을 것이다. 이미 보름 전부터 '나는 아플 거야. 결국 시험을 망치고 주위로부터 외면받겠지' 같은 생각들이 파도처럼 밀려온 상황이었다. 좋은 일이

든 안 좋은 일이든 믿음대로 된다고, 나는 정말로 시험을 망치고는 했다.

아침에 이런 두려움 속에서 하루를 시작하는 일은 회사를 무단결근하고 다음 날 출근하기 위해 눈을 뜨는 것과 같다. 아니면 내게 이별을 말할 준비를 마친 애인을 만나러 가기 위해 눈뜨고 준비하는 것과 같다. 하루를 사는 게 무서웠다. 내게 아침이란 '언제든 망할 수 있는 하루'의 시작이었다. 최악의 상상이 눈앞의 현실로 펼쳐진 적은 없지만, 그게 당장 오늘이 될 수도 있을 테니. 이 정도면 몸이든 마음이든 아프다는 것을 눈치챘어야 했는데, 주변 사람들도 나도 알아채지 못했다. 주위 사람들에게는 이런 모습을 철저하게 숨겼고, 나 자신에게는 너무 엄격한 나머지 그런 내 모습을 용납하지 않았다. 생존해가기 위해서 나약한 모습을 들키면 안 된다고 생각했으니까.

나는 이렇게 아침을 여는 것조차 버거운데, 사람들은 도대체 어떻게 살아가는 걸까. 일상을 제대로 굴려 가며 사는 사람들이 모두 존경스러웠다. 가장 존경하는 대상은 직장인들이었다. 매일 같은 곳에 출근한다는 사실 자체가 대단해 보였다. 학생일 때 출결 상태가 엉망이었던 나는 주 3회 이상 출근하는 일은 엄두도 안 났다. 스스로 기복이 심한 사람이라고만 여겨서, 조금이라도 기분이 상승세에 있을 때 최대한 많은 일을 몰아서 빠르게 해결하는 습관이 들었다. 기분이 하락세일 때는 먹고 자는 일 외에 아무것도 할 수 없었다. 무기력한 모습을 사람들에게 들키지 않으려 애써 숨어 지냈다.

단지 감정 기복이 심한 줄로 알았던 내게 정식 병명이 붙었다. 조울병. 의사 선생님 말씀에 따르면, 사람들 앞에서 에너지 넘치고 활기 있게 보였던 내 모습은 조증이었다. 책 『삐삐언니는 조울의 사막을 건넜어』에는 조증을 앓는 사람이 겪는 감정들이 세밀하게 묘사되어 있다. 책을 읽으며 여러 번 놀랐지만, 특히 '나를 제외한 모든 세상 사람이 답답하고 느리게 여겨졌다'는 문장에서는 숨이 턱 막혔다. 평소 내가 느끼는 감정들을 글로 받아 적은 것 같았다.

조증은 엄청나게 빠른 슈퍼카를 타고 고속도로를 달리는 것과 같다. 계기판의 속도계가 끝없이 올라가고, 엔진은 점점 뜨거워지고, 주위 풍경은 눈에 들어오지도 않는다. 내게 중요한 것은 앞에서 달리는 차들 사이를 요리조리 피해서 더 앞으로, 더 빠르게 나아가는 것뿐이다. 차분히 책을 읽거나 무언가를 골똘히 생각할 수 없다. 조증은 그런 병이다. 증상이 심할 때는 그저 걸어 다니는 것도 답답하게 느껴져서 숨이 턱밑에 찰 때까지 뛰거나 자전거를 타야 한다. 갑자기 연락처 목록을 싹 뒤져서는 오랫동안 연락을 안 하고 지낸 사람에게까지 안부 인사를 날리거나 한 달 정도 밤을 새워야만 겨우 할 수 있는 무리한 일정을 짜기도 한다. 반면 울증이 찾아온 경우엔 짧게는 하루, 길게는 2주가 넘도록 집 밖에 나가지 못한다. 일상생활이며 설거지, 빨래는 커녕 쓰레기를 쓰레기통에 넣는 작은 행동조차 불가능하다. 울증 기간에 들어서면 어떤 전화도, 누구의 메시지도 확인 할 수 없다.

병을 앓고 있는 줄도 모른 채 지내왔던 12년. 조울증을 앓 은 지 12년 만에야 병을 진단받았다. 기분 조절제와 항우울 제 등을 복용하면서 신기하게도 하루를 살아가는 게 더 쉬 워졌다. 한 가지 일에 집중하는 일도, 아침에 눈을 뜨고 침 대를 빠져나오는 일도. 그동안 온갖 힘을 짜내어 해야 했던 일들이 이제는 수월해졌다. 3주쯤 되었을 때, 의사 선생님이 말했다. 약에 반응이 빠르고 효과도 좋은데 왜 이제야 왔 냐고. 그러나 마음의 병을 안고 살아가는 일은 많은 시선을 감당해야 한다. 약에 의존하지 말라거나 굳이 약까지 먹어 야 하냐는 말을 건네는 사람들을 가끔 만날 때가 있다. 심 지어는 이런 이야기를 듣기도 한다.

> "우울증은 게으름에서 오는 거야! 매일 운동하
> 고 바쁘게 살아봐, 우울증이 들어올 틈이 있
> 나!"

아니다. 바쁘게 살아도 그런 틈은 있다. 나도 우울한 기분 을 이겨내기 위해 아침에 눈 뜨자마자 등산을 했던 때가 있 었다. 아침마다 찾아오는 우울함과 두려움을 극복하고 싶어서, 살고 싶어서 몸을 끌고 밖으로 나갔다. 확실히 몸을 움직이는 것은 도움이 된다. 일단 바깥으로 나오면 마음이 환기되고, 집에 있을 때보다는 하루를 살아갈 용기가 더 생긴다. 그러나 운동만으로 조울증을 치료할 수는 없었다. 호르몬의 불균형에 기인한 병은 개인의 단순한 노력으로 극복하기가 쉽지 않다. 약의 도움을 받으면서 하루를 잘 살아가기 위한 선택이 필요하다.

그동안의 노력이 작은 파도에도 무너지는 모래성이었다면 치료를 받으며 점점 점성이 생기는 것 같았다. 성이 점점 견고하게 쌓이고 쉽게 무너지지 않았다. 치료의 효과는 이뿐이 아니었다. 자기모멸도 조금씩 줄었다. 그동안의 기복이 내 탓이 아니라는 것을 알아가면서 오히려 스스로가 장하게 느껴졌다. 치료도 없이 견디려고 애써온 시간이 훈장처럼 느껴졌다. 그동안 무너져도 포기하지 않고 꾸준히 쌓아온 노력들은 이제 치료를 더해 탄력을 받을 것이다. 그리고 아침의 온도를 되찾아갈 것이다.

조울병 같은 호르몬의 불균형은 단순히 노력으로 극복하기 어렵다. 청소년기에 찾아오는 사춘기나 중년의 갱년기를 혼자 이겨내기 어려운 것을 알듯, 우울증과 조울증도 적절한 도움이 꼭 필요하다.

14

마음에
필요한 것

혼자 살아내기 위해 배워야 할 것들이 매일 오는 택배 상자처럼 쌓였다. 그러다 보면 내 몸과 마음을 돌보는 일은 우선순위에서 계속 밀렸다. 내 마음은 무엇을 필요로 하는지, 내 몸은 어떻게 관리를 해야 하는지는 자립 이후 5년이 지나서야 제대로 알아보기 시작했다. 그전까지는 생존이 중요했으니까. 원하는 것이 무엇인지 물을 때마다 선명하게 마음이 대답해주었다.

'바다에 가고 싶어.'

용기를 내어 제주도 협재 해변에 갔다. 검은 암석과 하얀 모래사장, 연녹색이 섞인 푸른 바다의 빛깔. 그날따라 더 예쁜 구름이 뭉게뭉게 나를 반겼다. 탁 트인 광경을 보자 마음도 확 트였다. 파도 소리가 내 안에 쌓여 있던 모래알을 깨끗하게 씻어주는 것 같았다. 바닷물에 맨발을 담갔다. 물의 온도는 서늘한데 마음의 온도는 따뜻해졌다. 바다에서 태어난 게 아닌가 싶을 만큼 안정감이 들었다.

바다에는 현실 속의 고민이 없다. 비좁고 눅눅한 방에 있자면 계속 눈에 밟히는 낡은 물건들과 어지러운 살림살이 사이에서 피어오르던 근심들. 누군가에게 의지하지 않고 우뚝 서기 위해 요구되었던 고민들. 그러나 바다는 아무것도 내게 요구하지 않는다. 도시에는 신경질적으로 경적을 울리며 달리는 차와 바쁘게 걷는 사람들이 있지만, 바다에 있는 사람들은 여유롭다. 바다에 있으면 삶의 무게를 잠시 잊을 수 있다. 도시에는 번쩍거리는 간판 속 글자들이나 지저분하게 깔린 전단 위의 자극적인 정보들이 눈을 피로하게 하지만, 바다는 눈을 애써 비집고 들어오려 하지 않는다. 잔잔히 밀려왔다가 다시 쓸려나갈 뿐이다. 그래서 나는 바다처럼 살고 싶다.

함께 시간을 보내는 이들에게 고민거리를 안겨주거나 너무 많은 정보를 쥐여주는 것이 아닌, 여유롭고 편안함을 안겨주는 사람. 고민을 들고 와도 집에 돌아갈 때 씻은 듯 마음이 풀리게, 가벼운 걸음으로 돌아가게 하는 사람.
속이 깊은 바다는 그 안에 많은 생명이 넘실거리고 맛을 내는 소금을 품고 있다. 그래서 사람들이 마음이 좋은 사람 보고 '바다처럼 마음이 넓다'고 하는 것 같다. 바다처럼 살기 위해서는 어떤 과정이 필요할까. 우선 찢어진 마음을 돌보고 치료해야 한다. 상처가 벌어져 줄줄 새는 마음에는 무엇도 품을 수 없기에. 가끔은 구름에게 물을 내어주고, 다시 비를 쏟아낼 때도 받아주는 바다의 품. 우리에게는 바다 같은 마음이 필요하다.

15
마음 상담

상담을 받기 시작했다. 상담사님과 이야기하며 어릴 때 겪은 사건들이 남긴 공포와 아픔들을 늦게나마 돌보고 있다. 그제야 내게 외상 후 스트레스 장애라고 불리는 PTSD의 증상이 있음을 알게 되었다. 재경험, 회피, 각성, 해리. 상담사님은 4가지 형태를 차례로 설명해주셨다. 재경험은 일상에서 잘 지내다가도 어느 순간 갑자기 문득 사건 당시의 상황으로 돌아가 그때 경험했던 감정을 반복해 겪는 것이다. 꼭 일상이 아니어도 사건 당시에 관한 꿈을 반복적으로, 집요하게 꾼다면 재경험 증상에 속한다. 회피는 사건과 관련된 자극과 감각을 불러일으킬 가능성이 있는 장소나 사람, 생각을 최대한 피하려고 무의식중에도 노력하는 것이다. 각성 증상을 겪는 사람은 불면증에 시달리거나 집중력이 저하되고, 주변을 과도하게 경계하며 작은 일에도 크게 놀란다. 마지막으로 해리란, 인격을 아예 분리해버리는 것이다.

그렇게 함으로써 당시의 기억을 축소하거나 상실하고, 자신도 모르는 사이 감정도 분리해버린다.

4가지 증상을 듣는 동안 '와…' 하고 넋을 잃었다. 지난날의 내 모습들이 파노라마처럼 빠르게 스쳐 지나갔다.

재경험

영화를 보듯, 예기치 않은 상황에 갑작스레 눈앞에 떠오르는 장면들이 있다. 바깥에서 소변을 참지 못하고 옷에 실례하고 말았던 날, 아빠 차에 알몸으로 타 있던 나. 복수가 가득 차 불룩해진 아빠의 배와 약물에 물들어 노란 아빠의 눈. 아빠가 숨을 멎은 순간, 감긴 아빠 눈을 손으로 벌리며 애타게 부르던 어린 나. 성폭행의 순간에 무기력하게 저항하던 어린 시절의 나. 이런 장면들이 떠오를 때는 온몸이 아니라, 몸속까지 바르르 떨린다. 추운 것도 아닌데 모든 장기가 한겨울 빙판 위에 내던져진 것처럼 떨린다. 당시의 감정과 감각이 전부 그때로 되돌아간다.

회피

중학교 시절부터 알던 친구가 영화를 보자고 했다. 보고 싶지 않다고 여러 번 말했지만, 반복되는 친구의 부탁에 결국 영화관에 들어가 앉았다. 〈위대한 쇼맨〉. 영화 시작 후 얼마 지나지 않아서, 내 감각이 옳았다는 것을 알게 되었다. 피하고 싶었던 것이다.

각자 결함이 있는 주인공들이 모여 쇼를 완성해 왔는데도,

상류층 관객 공략을 명목으로 그들이 아니라 화려한 인기 가수를 무대에 올리는 장면을 볼 때 학대받는 기분이 들었다. 눈물부터 터져 나왔고, 더 이상 영화를 볼 수 없었다. 이번 상담을 받고 나서야 내가 '버림받음'과 관련한 감정을 불러오는 요소들을 될 수 있는 대로 회피하며 살아왔다는 사실을 알게 되었다. 그간 교제해온 사람들이 데이트에서 영화를 보자고 할 때마다 "나는 영화에 몰입을 깊게 해서 빠져나오는 게 힘들어. 그래서 잘 안 보는 편이야"라고 둘러대던 내 모습이 머리에 스쳤다. 그동안 잘 극복했다고 느꼈었는데, 실은 치유되지 않은 아픔을 깊숙이 묻어두고 철저하게 피해 다닌 것에 불과했다.

내가 스스로 알아챌 만큼 드러나는 회피 증상은 크게 3가지다. 과수면, 스마트폰 중독, 과식 및 식이장애. 사실 이 부분을 극복하고 싶어 상담을 시작했다. 더는 감당할 수 없는 강도의 스트레스를 받거나 자극을 받으면 나는 이 3가지 중 한 가지에 깊이 빠져든다. 심각하게는 3가지 증상이 동시에 나타나는 때도 있다. 과식하고 침대에 누워 휴대전화로 영상을 보며 끝없는 잠 속으로 빠져들던 것은 아픈 기억과 불안으로부터 회피하려는 시도 때문이었다.

각성

학창 시절에는 깊은 잠에 들더라도 누군가 내 옆에서 이름을 속삭이면 화들짝 놀라 일어났다. 이외에도 다른 사람의 발소리나 현관의 전자 도어 록을 누르는 소리가 들리면 잠에서 벌떡 깨어나 마구 뛰는 심장을 부여잡고는 했다. 현관 벨 소리는 아직도 무섭다. 그래서 우편물이나 택배가 오더라도 대개 집에 없는 척하며 숨을 죽인다. 누가 갑자기 말을 걸거나 뒤에서 어깨를 툭 치며 아는 척을 할 때도 소스라치게 놀라며 비명을 지를 때가 많다. "아, 죄송해요. 제가 좀 잘 놀라는 편이에요"라며 상대에게 오히려 사과하곤 한다. 단지 조금 예민하고 다른 사람들보다 크게 놀라는 편이라고 넘겼던 것조차 외상 후 스트레스 장애 증상이었다.

해리

주위에 가깝게 지내는 남성이 많음에도 내 안에 남성을 온전히 신뢰하지 못하는 마음, 또 일종의 증오심을 갖고 있다는 사실을 최근에야 눈치챘다. 본격적으로 상담을 받으면서 그런 감정의 존재를 인식하게 되자 이전처럼 타인에게 친절하게 대하는 데 무리가 생겼다. 상담 회차가 거듭될수록 내가 남성들을 과도하게 경계한다는 사실을 깨닫게 되었다. 남성들과 있을 때 나는 분위기와 상황을 주도하려 하고, 불쾌감을 느끼더라도 되려 더 친절히 대했다. 예전에는 친절로 대응하는 것이 그래도 사랑받고 싶어서 하는 행동이라고 단정 지었는데, 실은 '너는 내 진짜 모습을 알 권리가 없어'라는 마음이 내포된 내 식의 복수였던 것이다.

"남자들을 만날 때 그 상황을 주도한다고 하네

요?"

상담사님의 물음에 고민하던 나는 이렇게 대답했다.

"네. 통제권을 잃지 않으려고 하는 것 같아요."
"그렇다는 것은, 통제권을 잃었던 적이 있다는
  말처럼 들려요. 그런 적이 있었나요?"
"네."

짤막하게 대답을 마친 몸이 부들부들 떨었다. 숨이 가빠지
고 눈에 힘이 들어갔다. 어릴 때 성폭행을 당한 적이 있었
다는 것을 짧게 들어 알고 있던 상담사님은 천천히 물었다.

"지금 기분이 어때요?"

모든 것을 짓이겨버리고 싶은 기분이었다. 시간을 비틀고 모
든 형체가 있는 사물들이 철저하게 부서지는 장면이 머릿
속에 들끓었다. 이 마음을 말로 전하려는 순간, 마음에 분
노가 지워진 듯 사라졌다. 순식간에 감정이 뒤바뀌었다.

"어…, 순식간에 감정이 사라졌어요. 치워진 것
  같아요. 그 생각에서 빠져나왔어요."

전혀 의도한 게 아니었다. 그 감정에서 회피하려고 애쓰지

도 않았고, 오히려 그 감정을 말로 풀어내려 집중하고 있던 순간이었다.

> "그것을 심리학적으로 해리라고 해요. 생각에서
> 분리가 되고 나면 감정도 분리가 되는 거예요."

상처가 나면 아픈 게 당연하다. 상처 위에 딱지가 생기고 아물어가는 과정 동안 충분히 아파해야 한다. 그러나 이겨 내라는 말, 극복하라는 말은 내가 상처 입은 상황으로부터 자신을 분리하도록 했다. 그건 극복이 아니었다. 제대로 아 파하는 법을 배우지 못한 것일 뿐.

그러니 아플 때 아파해야 한다. 믿지 못할 일을 겪었음에도 금방 털고 일어난 사람이 있다면 살아가기 위해 재빨리 묻 어버린 게 아닌지 살펴야 한다. 화상을 입은 손을 치료하지 않고 그 위에 장갑을 낀다면 가려질지라도 상처는 계속해 서 덧난다. 마음의 상처도 마찬가지다. 다치면 아픈 게 당연 하다. 우리에게는 충분히 아파할 시간이 필요하다.

16

피해자가
살 수 있는
나라

중학교 2학년 무렵, 얼굴만 알던 남성에게 성폭행을 당했다. 어떻게 밖으로 퍼졌는지 모르겠지만, 나는 순식간에 동네에서 가장 유명한 사람이 되었다. 전교에 내 이름이 오르내렸고, 일주일쯤 지나자 걸어서 1시간은 더 가야 있는 옆 동네 학교에서도 내 이야기가 퍼지기 시작했다. 나는 아직도 당시 나와 관련된 소문의 내용을 모르고, 어느 정도까지 퍼졌는지 알지 못한다. 다만 소문이 얼마나 지독하게 변질되었는지, 밖을 돌아다닐 수 없는 지경이었다. 개인 SNS는 온갖 욕으로 도배되었고, 동네에서 아는 사람이라도 마주치게 되면 "야, 너 한 건 했더라?" 식의 조롱 섞인 말을 들어야 했다. 지금은 시대가 많이 변해서 성폭행의 책임은 가해자에게 있다는 인식이 그나마 자리 잡아 가고 있지만, 당시에는 피해자가 더욱 감추고 수치스러워해야 하는 분위기였다. 폭행으로 생긴 상처에 약을 바르기도 전에, 나는 온갖 비난이 섞인 몰매를 맞았다. 어떤 사람들은 나의 추락을 즐거워하는 것 같았고, 그나마 가까이 지내던 사람들마저 "왜 그랬어… 이제 어떡하나" 정도의 말을 건넸다. 그럴 때면 마음속으로 생각했다. 그러게, 내가 왜 그랬을까. 나를 왜 지키지 못했을까. 사건 이전으로 되돌아가고 싶다.

그러나 이마저도 틀린 생각이었다. 내가 피해자가 된 이유는 밤에 돌아다녀서가 아니고, 때때로 집을 나가서도 아니고, 사람을 쉽게 믿어서가 아니고, 보호해줄 부모님이 없는 여학생이어서도 아니다. 민소매, 수영복을 입고 돌아다녔다 할지라도 범죄 피해자가 될 이유는 되지 못한다. 하지만 당시에는 "정말 아프고 힘들지? 네 잘못이 아니야"라고 말해주는 사람이 아무도 없었다. 그래서 내게 아파할 자격이 없는 줄 알았다.

소문은 돌고 돌아 위탁 가정까지 흘러 들어갔다. 가족들이 들은 소문이 어디까지 변질된 건지 모르지만, 가족들은 당시에 나를 '몸을 파는 사람'으로 여겼다. 같은 공간에 있을 때면 위탁 부모님의 비난이 포화처럼 쏟아졌다. 정확히 어떤 일이 있었는지, 혼자 어떻게 견디고 있는지 등의 질문은 하나 없이 그들은 나를 이미 단정 짓고 판단했다. 해부실에 놓인 개구리가 된 기분이었다. 고통을 줄여주는 마취도 없이, 맨정신에 여기저기서 날아드는 칼날 같은 말들이 무방비하게 마음을 찢었다.

엉망진창 소문이 난 학교에 도저히 갈 수가 없었다. 그렇다고 집에 있을 수도 없었다. 아침이 오는 게 무서웠다. 갈 곳도 마땅치 않은데 오늘은 또 어디로 몸을 피해야 할지, 고민하는 시간이 숨을 죄어왔다. 어릴 때부터 꿈꿔왔던 '노래하는 삶'은 이 사건으로 산산조각 났다. 당시 〈K팝스타〉, 〈슈퍼스타K〉같이 일반인이 가수로 성장하는 경연 프로그램이 한창 인기였는데, 나는 제대로 볼 수가 없었다. 참가자가 노래로 관객과 심사위원에게 감동을 주며 자신을 세상에 드러내 보이는 프로그램들이 너무 아프게 느껴졌다. 나는 어차피 나갈 수 없겠지. 내가 텔레비전에 나오면 신상 정보와 소문이 인터넷에 떠돌 테니까. 얼굴도 모르는 사람들에게 온갖 욕을 먹겠지. 우리나라에서 살 수 없게 될지도 몰라. 사람들 앞에서 내 노래를 들려주고 싶은 마음이 컸지만, 차마 그럴 수 없었다. 노래를 열심히 할수록 내 안전에 위협이 되지는 않을까 불안했다. 결혼은 어떡해야 할까. 배우자 될 사람이 과연 이 일을 받아들일까. 이 세상에 피해자로서 당당하게 살 수 있는 곳이 있긴 할까? 숨기거나 숨지 않아도 되는 곳, 마치 교통사고 환자가 사고 상황을 자연스럽게 이야기할 수 있듯 성폭행 피해 사실을 말할 수 있는 곳이 있을까.

10년이 지난 일이지만, 나는 여전히 후유증에 시달리며 산다. 상담을 받으면서 그 사건이 나의 가치관에 거대한 영향을 주었다는 사실도 알게 되었다. 사건은 내 안에서 왜곡

된 생각과 가치관을 형성해왔다. 입 밖으로 꺼내지 못했던 내면의 생각들을 하나씩 기록해봤다. 기록한 것들을 쭉 훑어보면서 놀랐다. 뒤틀린 생각을 드러내지 않으며 사람들을 대하느라 얼마나 많은 에너지를 써온 걸까. 다시금 나 자신을 이해하는 시간이었다. 그날이 남긴 흔적을 지우는 데에는 앞으로도 시간과 노력이 들 것이다. 누군가 부르거나 툭 건드렸을 때 소스라치게 놀라는 것도, 한 무리의 사람들을 지나치면 혹여나 내 욕을 하는 건 아닌지 예민해져서는 귀를 기울이는 것도, 내 몸을 사랑하지 못하는 것도, 시간이 필요한 일일 것이다. 살아온 시간보다 더 많은 시간이 필요할지 모른다. 어쩌면 평생을 안고 살아야 할지도. 그만큼, 성범죄는 한 사람의 인생 전체에 지워지지 않는 낙인을 남긴다.

이 사건은 내게만 특별히 일어난 불행도, 불운도 아니다. 많은 자립준비청년이 성범죄에 노출되어 있다. 실제 사례들을 모으면 너무 많아서 책 한 권으로는 담을 수도 없을 것이다. 진정한 사랑의 보살핌이 결핍된 아이들은 따뜻한 말에 취약하다. 따뜻함으로 위장한 거짓말에 속아 선배들을 따라 유흥업소에 근무하게 되는 경우도 있다. 유흥업소는 성범죄와 관련한 안전 관리에 너무나 취약한 곳이고, 어릴수록 성범죄가 남기는 상처의 무게와 여운을 가늠하기 어렵다. 사건 후에, 나는 오랫동안 내가 누군가에게 소중한 사람일 수 없다고 생각했다. 누가 내 허벅지에 손을 갖다 대거나 다짜고짜 어깨를 감싸도 바로 거절하지 못하고 그저 얼어붙어 있었다. 그저 그 끔찍한 시간이 지나가기를 바라며 버텼다. 때로는 자다가 벌떡 일어나서 오열하거나, 눈물을 멈추지 못했다. 뺨을 스스로 때리거나 자해를 하고, 옥상에 올라간 일도 여러 번이었다. 개명을 수십 번 고민하고, 아무도 나를 알지 못하는 곳에서 완전히 새로운 삶을 살고 싶다고 매일같이 빌었다. 나는 학창 시절에 살았던 동네에 가면 여전히 위축된다. 혹시나 아는 얼굴을 마주칠까 몸이 한껏 긴장한다. 피해자의 삶이란 이런 것이다.

자립준비청년들을 돕는 활동가가 된 후 다양한 사례를 보고 들으면서, 많은 아이가 지난날의 나와 같은 상황을 겪는다는 사실을 알게 되었다. 무엇보다 중요한 것은 피해자가 살아갈 수 있는 나라가 되어야 한다. 스스로 망가지고 깨어졌다고 생각하는 삶을 어떻게 살아내야 하는지 방법을 알려줄 수 있는 사회가 되어야 한다. 동물의 약육강식 세계에서 사자에게 잡힌 토끼를 보듯 '어쩔 수 없는 일'로 치부하면 안 된다. 피해 이후에도 여전히 소중한 존재라는 것을 사회가 알려주어야 한다. 누군가 목소리를 내어야 한다면, 당사자가 전하는 이야기가 힘이 있을 것이라고 생각했다. 나는 고아에다가 왕따, 학대, 성폭행 피해자다. 수없이 밟히고 깨어진 삶을 어떻게 극복하고 살아가는지 기록할 것이다. 나처럼 고통받는 아이들이 자신의 삶이 틀렸다고 생각하지 않도록.

17
알아줘서
고마워

"아빠, 엄마는 어디 있어?"
"엄마는 미국으로 돈 벌러 갔어. 돈 많이 벌어서
올 거야."

말을 막 시작할 때쯤, 엄마의 부재를 깨달은 내가 엄마를
찾고 자꾸 묻자 아빠는 하얀 거짓말을 했다. 그리고 어느
날, 들꽃처럼 수수하고 예쁜 여성이 아빠와 함께 나타났다.

"유진아, 엄마야. 미국에서 돈 벌고 왔어."

낯선 얼굴이었지만, 어색함을 무릅쓰고 먼저 말을 붙였다.
정확히 기억나지는 않아도 아마 "안녕?" 같은 인사말이었
다(아직 존댓말을 배우기 전이었다). 예쁜 언니는 슬며시
미소만 지었다. 반가움에 이런저런 말을 붙여봐도 언니는

알 듯 말 듯 한 미소를 지을 뿐 이렇다 할 대답이나 질문을 하지 않았고, 관심도 주지 않았다. 아빠와 둘만의 시간을 보냈다. 마치 나와 얇은 유리막을 사이에 둔 것처럼. 그렇게 일주일 정도 지났다.

　　"아빠, 엄마 어디 갔어?"
　　"다시 미국으로 돈 벌러 갔어."

엄마라면서 왜 내게는 인사도 없이 떠났는지, 오랜만에 만났는데 왜 한 번도 안아주지 않았는지, 이상하다고 느낄 만한 것들이 많았지만, 당시에는 너무 어려서 그런 생각을 미처 하지 못했다. "왜?"라든가 "언제?" 같은 질문을 몇 차례 던지다가 그냥 수긍했던 것 같다. 그렇게 '엄마'가 미국에 돌아간 뒤 집에는 익숙한 적막이 흘렀다. 그런데 얼마 지나지 않아 나는 다시 '엄마'를 만나게 되었다. 새로운 언니가 우리 집에 왔기 때문이다.

　　"누구야?"
　　"저번 엄마는 가짜 엄마고, 이번 엄마가 진짜 엄마야. 인사해."
　　"이번에는 진짜 엄마야?"

그러나 그 사람도 얼마 뒤에는 가짜 엄마가 되었다. 이후로 열댓 명의 가짜 엄마들이 집에 머물다 떠났다. 하루는 일찍 눈이 떠져서 거실로 나왔다. 닫힌 아빠 방의 문을 조심스레 열었다. 햇살 아래서 언니를 끌어안은 아빠가 곤히 잠들어 있었다. 평소 아빠는 가슴과 배 사이에 깍지 낀 두 손을 올려두고 자는 습관이 있었다. 보통은 자기 전에 봤던 손깍지가 아침까지도 풀리지 않았는데, 그날 아빠의 손은 낯선 언니를 안고 있었다.

　　'아빠는 나랑 같이 안 자는데….'

문틈으로 낯선 언니와 아빠를 보자 다양한 감정이 울컥하고 차올랐다. 괴로움, 질투, 박탈감. 동시에 마음속에서 무언가 툭 떨어져 깨지는 소리가 들렸다. 자긍심이었다. 조각난 자긍심 틈에서 외로움이 뿜어져 나왔다. 사랑받고 있지 않다고 느꼈다. 그때부터, 나는 내가 사랑받을 수 없는 이유를 내 안에서 찾기 시작했다. 아마도 내가 사랑스러운 아이가 아니어서일 거야. 언니들처럼 아빠를 행복하게 하지 못해서일 거야. 아빠랑 함께 시간을 보낼 수 없는 이유는 나에게 있어.

나는 사랑받지 못하는 자신을 증오했다. 괴로움과 슬픔을 내 옷처럼 즐겨 입고, 내 감정과 필요들을 철저히 무시했다. 타인의 감정 변화나 필요한 요소들은 분초 단위로 세밀하게 살피면서, 내 몸이 보내는 신호들에는 철저히 무관심했다.

내 몸이 보내는 신호들을 스스로 무시하고 있다는 사실을 깨닫게 된 계기가 크게 두 번 있다. 첫 번째는 대학 입시 때였다. 성악과 입학을 위한 실기 시험을 앞두고 번번이 몸살 감기에 걸렸다. 컨디션이 좋아도 합격을 기대하기 어려운 시험인데, 매번 고열과 기침을 달고 시험장에 들어갔다.

"마음은 아무렇지 않은데 몸이 자꾸 아파요."

아무 생각 없이 내뱉은 말에 주위 어른 한 분이 말했다.

"마음이 보내는 신호를 네가 알아차리지 못해서
 몸의 신호로 드러난 걸 수 있어. 잘 생각해보렴."

그 말을 계기로 마음을 들여다보자 정말로 마음이 보내는 말들이 들렸다.

'실패하는 게 두려워. 분명 사랑받지 못할 거야.'
'사람들이 내게 실망하면 어쩌지? 그래서 다시
 혼자 남겨지면 어떡해.'

두 번째 깨달음은 대학 시절에 찾아왔다. 등굣길 지하철에서 김윤나 작가의 『말 그릇』을 읽고 있었다. 작가는 '말 그릇'을 키우기 위해서는 마음속 감정에 관해 정확히 알아야 한다고 말했다. 그의 말에 따르면 진짜 감정을 찾는 데 서

툰 사람은 서운함을 분노로 표현하거나, 고마움을 빈정댐으로 나타낸다. 감정 표현은 〈출현—자각—보유—표현—완결〉이라는 5단계 과정을 거치는데, 그중 가장 처음이 되는 1단계는 감정이 내게 어떤 신호를 보냈는지 인지하는 것이다. 몸은 두근거림, 손 떨림, 동공 확장, 얼굴 화끈거림, 속쓰림 등 다양한 방식으로 우리에게 마음 상태를 전달한다는 것이다. 책을 읽다가 나도 모르게 "에휴-", 하고 긴 숨이 나왔다. 이건 무슨 신호지? 진지하게 생각해보니 그건 수치심이었다. 짧은 순간에, 과거에 실수를 저질렀던 어느 장면이 머릿속을 빠르게 지나면서 부끄러운 마음이 일었다. 신기한 경험이었다. 처음으로 내 몸의 언어를 스스로 파악하자 마음이 한결 시원해졌다. 마치 마음이 '알아줘서 고마워'라고 말하며 기뻐하는 것 같았고, 그 순간 눈에 눈물이 고였다. 감정을 제대로 해석하는 방법을 배우지 못했기에 모든 감정을 쓰레기처럼 마음속 깊은 호수에 냅다 묻어두고는 했던 지난날들이 떠올랐다. 그러다 호수에 파동이 일어서 눈물이나 분노로 튀어나오면, 그런 나를 경멸했었다. 마음과 몸이 하는 이야기를 본 체도 하지 않고 무시해온 시간이 미안했다.

습관으로 굳은 무관심을 끊어내기 위해서, 내가 감정을 돌보는 일에 초보임을 인정하고, 차근차근 배워가기로 했다. '타인과 맺은 관계 속의 나'가 아닌, 그냥 '나'를 온전히 바라보고, 내가 느끼는 감정의 색을 알아차리는 훈련을 하기로 마음먹었다. 아빠를 빼앗기고 싶지 않아서, 버림받고 싶지 않아서 일부러 내 감정에 둔하게 반응하고, 외부의 상황과 사람들 눈치를 봤던 과거의 나였지만, 이제는 내 마음을 가장 먼저 살필 것이다. 나는 지금도 노력하고 있고, 언젠가는 마음 살피기가 양말 신기나 단추 채우기처럼 익숙하고 편해질 수 있기를 바란다.

18

완벽주의
덜어내기

바람 잘 날 없던 학창 시절, 매일 요동치는 마음을 돌보기 위해 일기를 쓰기 시작했다. 어느 곳에서도 털어놓을 수 없는 이야기들을 노트에 적고 나면 마음이 진정되곤 했다. 일기는 내게 작은 소망을 포기하지 않도록 하는 유일한 친구였고, 일기 쓰는 시간 동안에는 내가 나를 바로 바라볼 수 있었다. 그러나 얼마 안 가서 나는 일기에 마음을 기록하는 일을 멈출 수밖에 없었다. 학교에서 짓궂은 친구들이 일기를 빼앗아 돌려 읽었고, 심지어 위탁 가정 언니들에게까지 일기 내용이 발각되었기 때문이다. 이후 나는 일기장에서도 솔직할 수 없게 되었다.

이후에는 내 마음 대신 '내가 되고 싶은 것'을 적었다. 버킷리스트에 관련한 책을 읽게 되면 나만의 버킷리스트나 소소한 바람을 써보고, 자기계발서를 읽으면 책 속에서 유독 와닿았던 문장을 필사했다. 노트 속에서 점점 희망이 보였다. 이렇게 산다면, 나도 잘 살 수 있을지 몰라. 나도 사람들에게 사랑과 인정을 받을 수 있을지 몰라. 노트를 적을 때만큼은 훌륭하고 성공한 사람들의 비결을 속속들이 아는 멋진 사람이 된 기분이었다. 그러나 시간이 갈수록 이 노트는 오히려 나를 강박으로 몰아넣었다. 노트를 나와 동일시하게 되면서 노트가 점점 실패하면 안 되는 공간이 되어버린 것이다. 글씨를 완벽하게 또박또박 써야 한다는 강박이 특히 심했다. 날짜를 쓰다가도 마음에 들지 않으면 노트를 주욱 찢어서 버렸다. 노트 한 권을 다 쓰고 보면 두께가 절반으로 줄어 있는 때가 다반사였다.

이 오랜 강박은 하루의 사건으로 막을 내렸는데, 인생 공부와 과외를 해주신 임귀남 선생님 덕분이었다. 거처를 옮긴 선생님을 만나러 친구와 하남에 간 날이었다. 그날 임 선생님은 친구와 내게 노트를 펴라고 하시더니 '동그라미를 크게 그려보라'고 주문하셨다. 동그라미 속에 '나를 행복하게 하는 것들'을 적어보자는 것이었다. 그런데 동그라미를 그리는 일부터 쉽지 않았다. 완벽한 동그라미를 그릴 만한 도구가 없었다. 둥근 컵이라도 찾고자 두리번거리는 나를 보며 선생님은 대충 그리라고 하셨다. 내가 그럴 수 없다며 울상을 짓자 선생님이 말씀하셨다.

  "유진이 너는 네 노트 속에서마저 실패를 용납

하지 않는 거야."

그러고서는 특별한 처방을 내리셨다. 완벽한 내 노트에 낙서를 해보라는 것이었다. 옆에 앉은 친구에게도 낙서에 동참하라고 하셨다. 낙서가 주욱 그어진 노트를 보자 마치 내 인격이 주욱 훼손당한 것 같았다. 눈물이 그렁그렁 맺혔다. 이러면 안 되는데, 싶은 마음에 발을 동동 구르며 노트를 살폈다. 집에 돌아가면 티 나지 않게 낙서 된 부분만 찢어내고 다시 예쁘게 그릴 생각이었다. 그러다 순간 깨달았다. 노트는 내가 아닌데. 왜 내가 상처받는 걸까.

선생님의 처방은 정확했다. 작은 노트는 그동안의 내 모습들로 확장되었다. 말실수하지 않기 위해서 여러 번 단어를 고르며 말하는 나. 이동할 때 경로를 세세하게 파악해 시간 낭비를 결코 하지 않으려는 나. 웃을 수 없는 상황에서도 애써 웃으며 사람들과의 관계를 지키려 참는 나. 정리 정돈되지 않은 흐트러진 모습을 보이지 않으려는 나. 수많은 '나'가 머릿속에서 펼쳐졌다. 정말 피곤하게 살아왔구나. 그간의 삶이 내 것이 아니었음을 깨달았다. 집으로 돌아가는 길에 친구가 말했다.

"우리는 자기 자신한테 제일 잔인한 것 같아."

타인이 사랑해주지 않을 것 같은 내 모습을 스스로 단정

지어 지워버리는 것은 나 자신을 조금씩 잃는 행동이다. 세
상에 만 명이 있다면 만 명이 좋아하는 모습이 각기 다르며,
어쨌거나 타인의 기대에 맞춰야 할 필요도 없다.

그 후로는 노트를 쓸 때 '나 지금 불안한가? 누군가를 의식
해서 쓰고 있는 건 아닌가?' 하는 자기 점검을 꾸준히 한다.
습관처럼 바깥을 살피려는 마음을 토닥이고, 안으로 돌려
세운다. 그 결과, 이제 노트는 내가 진정 사랑하는 모습으
로 바뀌어 가고 있다. 하루에 5문장씩 나를 사랑하는 말들
을 적고 있는데, 그렇게 하자 여유가 생기고 세상을 새로이
보게 되었다. 봄에 새로 돋아난 잎과 곧은 나무, 바람에 실
려 불어오는 풀냄새, 아침의 새 소리, 맑은 하늘과 매일 다
른 얼굴의 구름들, 눈앞을 가로막는 것 없이 펼쳐진 광활한
바다. 세상이 이렇게나 아름다웠었나. 대가를 지불하지 않
고도 누릴 수 있다니 얼마나 대단한 일인지 새삼 느껴졌다.
내가 직접 시멘트를 부어 깔지 않아도 정돈된 도로를 걸을
수 있고, 내가 직접 짓지 않은 학교에서 공부할 수 있다는
것. 내가 키우지 않은 나무 사이를 한가롭게 거닐며 먹이
한번 준 적 없는 새소리를 들을 수 있는 것. 내가 쓰지 않은
좋은 책을 읽고, 내가 만들지 않은 좋은 노래를 들을 수 있
는 것. 당연하게만 생각해왔던 모든 일상이 감사하게 느껴
졌다.

감정 노트, 감사 노트, 기쁨 노트, 자기 사랑 노트, 이렇게

4가지를 매일 기록한다. 감정 노트에는 그날 느낀 감정과 일기를 쓰고, 감사 노트에는 오늘 감사했던 일을 기억해뒀다가 기록한다. 일상 속 작은 일에서 기쁨을 찾아보고자 최근에 기쁨 노트를 추가했다. 자기 사랑 노트까지 쓰고, 다이어리 속지까지 꾸미고 나면 하루 정리도 끝이다. 어제는 비가 오더니 오늘은 날씨가 따뜻하고 맑다. 글을 쓸수록 시간이 천천히 흐른다. 기억할 게 많기 때문에.

19

집을 사랑하는 연습

집이 불편했다. 2년 전부터 이 사실을 인지하기 시작했다. 그전까지는 누구라도 불편할 만한 집에서 살았으므로 집이라는 공간 자체에 적응을 못 하는 것을 알지 못했다. 주로 빛이 한 점도 들어오지 않는 집, 4평 정도의, 신발장이 침대 바로 앞에 있는 좁은 공간, 고양이도 답답하다고 여길 만큼 눅눅하고 어두운 집에서 생활했다. 1년 정도 남은 계약 기간이 끝나면 나는 늘 더 나은 환경으로 이사 가기를 기대했지만, 부동산 임대료는 내가 버는 수입보다 상승 곡선이 가팔랐고, 점점 더 많은 돈을 내면서도 열악한 환경에서 지낼 수밖에 없었다.

주거 공간이 삶에 미치는 영향을 깨달은 나는 큰맘 먹고 이사를 계획했다. 기초생활수급자 자격으로 LH에서 전세자금 대출을 받을 수 있었다. 전세 매물이 귀한 데다 가격대도 높아서 깨끗하고 넓은 집을 찾기가 쉽지 않았지만, 발품을 판 끝에 결국 큰 창문이 있는 분리형 방을 얻게 되었다. 주변 사람들이 기적이라고 말할 정도였다.

그러나 물리적 환경이 훨씬 나아진 뒤로도 집에 있는 시간은 여전히 불편했다. 집을 예쁘게 가꾸고, 내가 좋아하는 것들로만 채웠는데도 이상할 정도로 정이 들지 않았다. 집에 혼자 있으면 불안과 두려움이 마음 가득 찼다. 홀로 오롯이 있을 수 있는 안정된 공간을 그렇게나 원했으면서, 왜일까. 집을 두려워하는 자신을 이해하기 어려웠다. 하루는 눈 뜨자마자 바로 욕실로 향했다. 허겁지겁 씻고 짐을 한 아름 들고 신발을 대충 구겨 신은 채 문을 나섰다. 두 팔에 가득 끌어안고 있던 짐을 카페 테이블에 내려놓고 한숨 돌리는 순간, 이런 생각이 파고들었다. 이 정도면 집으로부터 도망친 것 아닌가?

이후 나는 주변 사람들이 집을 어떻게 대하며 사는지를 관찰했다. 집에서 공부하는 친구, 집에서 일하거나 취미 생활을 즐기는 친구에게 집에 있을 때 무슨 생각을 하고, 어떤 감정을 느끼는지 묻고 다녔다.

　　"그냥 별 감정 안 드는데."
　　"너무 편하지, 뭐."

대개 '편하다'는 답이 돌아왔다. 몇몇은 집에서 어떤 기분을 느끼는지에 대한 질문을 처음 받아본 듯이 의아해하거나 한참을 골똘히 생각하기도 했다. 아무튼 대부분은 집에 대해 긍정적이었다. 집을 '나를 삼키는 괴물'이나 늪, 축축한 지하실로 떠올리는 이는 거의 없었다. 이 일과 상담을 거치며 깨달은 사실은, 어린 시절에 집에서 겪었던 일과 분위기가 집이라는 공간에 관한 감정 형성에 큰 영향을 미친다는 것이었다.

상담받으러 갔던 어느 날, 공간에 관한 어릴 적 기억을 꺼내는 시간을 가지게 되었다. 가장 많이 맡겨졌던 그린비부터 떠올려보았다. 하루 영업이 끝나면 그린비 사장님은 가게에 딸린 작은 방에 나를 재워두고, 밖에서 가게 문을 걸어 잠근 뒤 퇴근했다. 혼자 남겨지는 게 두려웠던 어린 나는 버릇처럼 곁에 있는 사람의 손을 꼭 쥐고 자고는 했다.

"어머, 얘, 나 이제 가야 돼."

야무지게 손을 쥔 내 손가락을 풀기 위해 누군가가 나를 깨우고 나면, 그때부터는 나의 긴긴밤이 시작되었다. 밤새 홀로 아침을 기다렸던 그린비의 작은 방과 청록빌라, 예스 다방. 나를 좋아하는 사람이 아무도 없는 위탁 가정에서의 불안한 밤들과 자립 후 지내야 했던 누추한 자취방들. 내게 있어 집이란 물리적으로도, 감정적으로도 편안하고 안정적인 곳이 아니었다. 집에서 편안함을 느껴본 경험이 없었다. 내 문제가 아니었구나. 그러자 집을 두려워하는 나를 인정할 수 있었다.

유튜브에서 '서서 잠드는 강아지' 영상을 우연히 보았다. 좁은 공간에서 학대받으며 살았던 강아지라 구출된 뒤에도 편안히 잘 수 없었던 것이다. 새 반려인은 강아지에게 편히 쉬는 법을 조금씩 알려주었고, 시간이 지나 강아지는 배를 깔고 누워 편안한 표정으로 잠들 수 있었다. 강아지를 보며 동질감이 들었다. 나도 집을 사랑하기까지는 도움과 연습이 필요하겠구나. 이후로는 집에 대해 불편한 마음이 들 때면 '그럴 수 있어. 집이 어땠으면 좋겠어?'라고 속으로 내게 말을 걸었다. 어떻게 해야 집을 사랑할 수 있을까. 곰곰이 생각하며 편안하다고 느끼는 것들을 하나씩 적어보기도 했다. 바다와 숲, 나무, 등산. 모두 '자연'이라는 공통점이 있었다.

그날 집으로 돌아오는 길에 화원에 들렀다. 싱그러운 풀 내음이 났다. 한쪽 구석에 진열된 작은 간이 화분 중에서 아레카야자를 집어 들었다. 집에 돌아와 야자를 화분에 옮겨 심었다. 열심히 돌보았더니 야자도 적응했는지 지금은 연녹색 새잎이 돋았다. 작은 기쁨도 돋았다. 이날부터 집에 하나둘 옮겨온 화분이 어느덧 30개가 넘는다. 집의 모든 창문이 벽을 바라보고 있기 때문에 햇볕이 아닌 조명으로 키워야 하지만, 집에 생명이 자리 잡을수록 집을 대하는 바른 마음도 조금씩 자리 잡아간다.

어항을 마련해 수초를 심고 작은 구피 한 쌍을 풀었다. 어느 순간 암컷 구피 배가 볼록해지더니 아주 작은 새끼들이 태어났다. 내가 마련해준 공간에서 가정을 이루는 모습이 사랑스러웠다. 사람은 사랑을 받을 때보다 줄 때 7배 더 사랑을 느낀다고 했다. 집에 자리 잡은 작은 자연은 내게 더 큰 사랑을 돌려주었다.

며칠 전에는 아침에 눈을 뜨고 고양이 마리에게 "안녕, 좋은 아침이야"라고 인사했다. 마음 한 곳이 뭉클하고 갑자기 소중한 기분이 들었다. 나아지고 있다. 노력하고 있구나. 나 자신에게 기특한 마음이 들었다. 혼자 있는 집을 안정적으로 느낄 수 있을 때까지 몇 그루의 나무와 식물이 더 필요할지 모른다. 하지만 내가 집을 사랑하는 데 도움이 된다면 최선을 다해 도울 것이다. 나와 집은 함께 살아가는 친구이기 때문이다. 글을 쓰다 보니 집에 가고 싶어졌다. 가는 길에 화원에 들러 식물을 둘러보고 집에 가서 화분들에게 이렇게 말할 것이다.

"나 다녀왔어. 모두 잘 있었어?"

20

마음을
회복하기
위해서

'현대인이라면 마음의 병 하나씩은 앓으며 살아간다'는 말이 자주 쓰일 만큼, 마음의 병은 특별히 나약한 사람들만 앓는 것이 아니다. 하지만 막상 내 일이 되니 어려운 부분이 있었다. 병원에서 조울증을 진단받은 뒤에도 내가 병을 앓고 있다는 사실을 완전히 인정하는 데는 시간이 걸렸다. 물론 이제는 회복을 위해, '그럼에도' 세상을 잘 살아가기 위해 조금씩 노력하고 있다. 마음 회복에 도움을 주는 것들을 한번 정리해보았다.

1. 사람은 모든 순간 최선의 선택을 한다

한창 자기 계발서가 유행이었다. 많은 사람의 열정을 끌어내었던 자기 계발서는 성장할 수 있는 방법이 '나'에게 있다고 이야기한다. 나도 내 삶을 더 좋게 바꾸고자 무수한 자기 계발서를 읽으며 공부했다. 실제로 삶에 도움이 될 부분을 참 많이 배웠지만, 단점도 분명히 있다. 자기 계발서에 따르면 성장할 가능성뿐 아니라 삶이 나아지지 않는 원인 또한 '나'에게 있다. 그러므로 성공하려면 끝없이 나 자신을 검열하고 채찍질해야 한다. 자기 계발서를 읽는 동안 나는 불안감과 죄책감을 자주 느꼈다. 책이 말하는 곧이곧대로 살지 못하는 내게 문제가 있다고 생각하며 내 편이 돼주지 못했다. 그게 마음의 병을 키우는 줄도 모른 채.

마음의 병을 돌보는 가장 첫 번째 과정은 내가 내 편이 되는 것이다. 사람은 모든 순간 최선의 선택을 한다. 돌아봤을 때 틀린 결정이었을지라도 당시에는 나름의 합리적인 생각으로 제일 좋은 것을 택한다. 망하기를 바라면서 선택하는 사람은 없다. 이 사실을 인정해야 한다. 당신은 최선을 다해 노력하며 살아왔다는 것을.

아침이 두렵다면, 눈을 떴을 때 자신에게 가장 위로가 되고 용기가 되는 문장을 침대에서 잘 보이는 곳에 적어두는 것도 좋다. 나는 아침에 정신없이 준비하며 나갈 때도 볼 수 있도록 현관문과 거실에 붙여두었다.

2. 모닝 페이지 쓰기

나는 아침에 눈을 뜨면 '모닝 페이지'를 기록하는 것으로 하루를 연다. 모닝 페이지란 책 『아티스트 웨이』에서 추천하는 방법인데, 전날 하루 동안 겪었던 일과 오늘 아침의 감정, 오늘 사야 할 것이나 일정 등을 생각나는 대로 기록해보는 것이다. 책에서는 아침에 3쪽을 쓰라고 권장하지만, 나는 1쪽을 기록하는 것으로 만족하고 있다.

모닝 페이지를 쓰는 동안 나는 자신과 독대한다. 처음에는 뭘 써야 하나 싶다가도 막상 펜을 들면 무엇이라도 써진다. 그러다 보면 지금 내 마음을 괴롭게 하는 것이나 우울감의 원인이 보이기도 하고, 내가 원하는 게 무엇인지도 정확하게 알 수 있다. 해야 하는데 까먹었던 일이 문득 떠오르기도 하고, 오랫동안 묻어두었던 소망을 발견하기도 한다. 모닝 페이지는 속절없이 흘러가는 시간 속에서 잠시 멈춰서서 뒤를 돌아보게 하고, 삶의 경로를 내가 원하는 방향으로 조정하는 방향키 역할을 해준다.

3. 효율에 대한 집착 버리기

최소한의 시간과 노력으로 최대의 결과를 얻어내는 것. 나는 적은 실패로 큰 성공을 거두고 싶은 마음을 가진 적이 많다. 짧은 시간 내에 많은 성과를 거두고 싶었다. 어려운 일일수록 빠르게 성공하고 싶었다. 조증이 가진 폭발적인 집중력은 실제로 좋은 결과들을 가져오기도 했다. 사람들은 내가 보이는 결과들에 감탄했다. 하지만 돌아보면 내게 기쁨은 없었다. 시행착오가 생길수록 짜증이 늘었고 사람들이 내 속도에 따라와 주지 않으면 답답함을 느꼈다. 머릿속에 구상하고 계획해놓은 일정들을 내 몸이 따라가지 못할 때 절망과 실망이 섞인 마음으로 나를 쪼아댔다. 효율에 집착할수록 비효율과 실패에 대한 두려움이 커졌다. 점점 어떤 일을 시도해보기도 전에 어림짐작으로 결과를 계산하고는 단정 지어버리는 경우가 늘었다.

몇 년 전 인기를 끌었던 TV 프로그램에 소설가 김영하가 게스트로 나왔다. 평소 여행을 많이 다니는 것으로도 유명한 그가 여행에 관한 책을 출간한 직후였다. 출연자 중 한 사람이 김영하에게 말했다.

"지금까지 해본 여행 중 가장 크게 실패했던 여행 이야기를 듣고 싶어요."

그러자 그가 이렇게 대답했다.
"진짜 실패한 여행이라는 것은 기억이 하나도 안 나기 때문에 그 여행이 실패했는지조차 모르는 여행이 정말 실패한 여행이에요. 너무나 매끄러웠기 때문에 아무것도 기억나지 않는 여행이죠." 그러고서 에피소드 하나를 들려주었다. 2003년 미국 시카고에서 아이오와로 가는 길에 작가는 공항 식당에서 핫도그와 생맥주 한 잔을 먹었다. '비행기 곧 떠나겠네, 이제 가야겠다' 하고 출국장에 갔을 때는 이미 비행기가 떠난 뒤였다. 15분 전까지 승객이 오지 않으면 비행기가 출발할 수 있다는 조항이 있었던 것이다. 실패한 여행 같지만, 김영하 작가는 두고두고, 지금까지도 그날의 맥

주와 핫도그 맛이 기억에 각별히 남는다고 했다. 대가가 크기 때문에.

대가를 지불하는 것을 피하고 효율만을 중시하면 행복할 수 있을까. 이 일화는 내게 아주 깊은 인상으로 남았다. 그래서 요새는 시간과 돈이 아까워서, 비효율적이어서, 실패하는 게 두려워서 망설였던 일들에 하나씩 도전하고 있다.

21

오늘 최고의
시간을 보내지
않아도 괜찮아

최근 모닝 페이지를 기록하다가 '효율적이지 않은 하루 살아보기'라는 소망을 적었다. 그리고 그날 평소였다면 절대하지 않았을 특별한 계획을 했다. 용인 8경에 꼽히는 조비산에 등산을 다녀오기로 결심한 것이다. 집에서 조비산까지의 거리를 확인해 보니 30km. 거리를 확인하고 나자 갑자기고민이 들었다. 기름값도 올랐고 아직 겨울이 다 가지 않아서 산도 황량할 텐데 굳이 시간을 내어 다녀오는 게 합리적일까. 어느새 또 계산을 하고 있었다. 약속이 있어서, 혹은일이 있어서 30km를 이동해야 한다면 망설일 이유가 없었다. 그런데 나만을 위해서라고 생각하니 망설여지는 것이었다. 그러나 이번에는 다르다. 설령 정말 낭비일지언정, 시도해보고 싶었다. 이 여정이 내게 낭비로 남을지 아닐지는 직접 겪지 않고서는 모르니까.

호기롭게 다짐했지만, 밤에 좀처럼 잠이 오질 않았다. 잠과
꿈의 경계에서, 낮에는 어디서 뭘 했는지 모를 새로운 아이
디어들이 별안간 나타나 멱살을 잡고 이리저리 끌고 다녔다.
수많은 선율과 쓰고 싶은 글들이 마구 쏟아졌다. 조증이 도
진 것이었다. 평소라면 벌떡 일어나 조금이라도 기록했을
테지만, 내일의 산행을 위해 이번만은 참고 싶었다. 생각을
멈출 무언가가 필요했다. 거실에 충전해둔 휴대전화를 가져
와 수면에 도움이 될 만한 영상을 틀었다. 생각의 흐름을
끊을 수 있을 정도의 관심을 끌되, 너무 몰입해서 잠이 달
아나지는 않을 정도의 잔잔한. 영상은 태양계에서 퇴출된
명왕성의 자리를 대신할 새로운 행성을 발견할지 모른다는
정보를 말하고 있었다. 밝기가 너무 낮아서 촬영이 어렵지
만, 곧 관측 기회가 올 거라는 소식과 함께 나는 잠에 들을
수 있었다.

오전 7시 40분. 알람이 울렸다. 침대에서 내려와 알람을 끄
고, 모닝 페이지를 쓰기 위해 앉았다. 확실히 잠들기 전에
다음 날 일정을 기록해두면 그 일정을 수행하기까지 에너
지가 덜 소모된다. 전날의 기록이 동기가 돼주기 때문이
다. 우리 뇌는 생각보다 단순한 이유로 행동에 필요한 동기
를 얻는다고 한다. 실제로 하버드 대학교 엘런 랭어 Ellen
Langer 교수가 이를 증명하는 실험을 했다. 책 『늙는다는
착각』에 따르면 랭어는 복사기 앞에 줄을 선 사람들에게 먼
저 복사해도 될지 묻는 실험을 했다. "혹시 복사기를 먼저

써도 될까요?"라는 말로 부탁했을 때는 약 60%의 사람이 양보해주었다. 그런데 "혹시 복사기를 먼저 써도 될까요? 왜냐하면 복사를 해야 하기 때문이에요"라고 말하자 무려 93%가 양보해주었다. 사실 그곳에 서 있던 사람들은 모두 같은 이유로 기다리고 있었는데도 말이다. 이 실험 결과가 시사하는 점은, 사람들은 이유가 얼마나 타당하고 합리적인 가 따지기보다는 간단하고 별것 아닌 이유라도 말을 할 때 더 큰 영향을 받아 행동으로 옮긴다는 것이다. 내 경우 노트에 다음 날 하고 싶은 일과 해야 하는 일을 기록하는 일 자체가 행동의 이유가 된다. 이유를 찾은 뇌는 더 쉽게 행동하도록 돕는다.

그러나 모닝 페이지를 다 쓰고 씻으려 욕실로 들어가는 순간, 다시 고민이 고개를 들었다. 지금 당장 이불 속으로 돌아가면 오후까지 깨지 않고 푹 잘 수 있을 것이다. 휴식이 더 우선순위여야 하지 않을까? 더 자면 푸석푸석한 피부가 좀 회복될지도 몰라, 등의 생각이 이어졌다. 새로운 도전이 무서운 것이다. 그래서 익숙한 잠으로 도망가고 싶다고 생각하는 것이다. 실패에 대한 두려움이었다. 30km를 달려 산에 도착했는데 그 시간이 실망스러울까 봐, 그래서 다시는 도전하고 싶은 마음이 들지 않을까 봐 겁이 나는 거다. 화장실 슬리퍼를 한 짝씩 신고 칫솔에 물을 묻히면서 생각했다. '이대로 잠이 들면, 오후에 깨었을 때 더 크게 실망할 거야. 오늘 최고의 시간을 보내지 않아도 괜찮아. 새로운 일

을 하는 것만으로도 충분해.'

운전하며 조비산을 향해 가는 동안 몇몇 산을 지나쳤다. 조비산은 멀리서 봐도 압도적이었다. 우뚝 솟은 풍채와 높이가 동네 동산이 풍기는 이미지와는 사뭇 달랐다. 진입로로가는 비포장도로에 들어서면서 역시 오길 잘했다고 생각했다. 내비게이션에 '목적지에 도착했습니다'라는 알람이 뜨는 순간, 도로를 가로막은 차가 보였다. 차에는 큰 팻말이 붙어 있었다. 'AI 방역 중. 출입 금지'. 일단 주차를 하고 자세히 읽으려 걸음을 옮기는데, 방호복 차림의 중년 남성이 보였다. 그는 멀리서부터 손을 훠이 훠이 저으며 내게 오지말라는 신호를 보냈다. 여기까지 왔는데 그냥 돌아갈 수는 없다는 생각에 물었다.

"여기로 못 들어가요?"
"못 들어가요."
"그럼 다른 등산로가 있나요?"
"잘 모르겠는데, 돌아가야 할 거예요. 그리고 이
  산의 절에 계신 스님들이 등산객 안 왔으면 좋
  겠대요."

나는 크게 실망하고 말았다. '용인 8경'이라 내세울 정도면 진입로는 명확해야 하는 거 아닌가? 일단 그곳을 빠져나와 진입로가 있을 법한 오르막길로 우회했다. 정돈되지 않은

무성한 나뭇가지들이 차를 끽끽 긁어댔다. 경사가 가팔라
질수록 심기도 가파르게 불편해졌다. 길 끝에는 진입로가
아니라 들어갈 수 없는 사유지가 있었다. 길을 헤맨 지 벌
써 30분째. 인터넷을 뒤져서 어느 블로그를 찾아냈다. 블로
거는 '조비산 가든'이라는 이름의 식당으로 가는 길목 한켠
에 주차하고, 걸어 올라가라고 했다.

차를 돌려서 왔던 길을 내려가며 이번이 마지막이라고 다
짐했다. 블로거 말대로 갔더니 정말 조비산 입구가 나왔다.
30칸 정도 되는 계단을 오르면 나오는 넓은 묘역을 지나 우
측으로 난 길이었다. 등산로를 오르자 내가 원했던 숲이 나
왔다. 언제 짜증이 났었냐는 듯 마음이 순식간에 말갛게
씻겼다. 아름다운 산길이었다. 오르막길 위로 들어서자 점
점 숨이 차고, 이마에 땀이 송글송글 맺혔다. 등산로 끝에
20m가량 되는 암벽이 보였다. 암벽에 가까이 다가가자 고
요했던 산길과 다르게 사람들이 내는 활기찬 소리가 귀를
사로잡았다. 30명 정도가 암벽을 등반하고 있었다. 내 또래
젊은 남성부터 중년까지 다양한 연령의 사람들이 로프에
의지해 암석을 올랐다. 암벽 아래에는 작은 동굴이 있었는
데, 동굴 안에 텐트를 치고 냉기 속에서 쉬고 있는 이들도
있었다. 암벽 왼쪽으로 돌자 정상으로 가는 계단이 나왔다.
계단 하나가 내 정강이 절반을 넘을 만큼 높았다. 아직 공
기가 찬 겨울인데도 땀이 등허리를 타고 흘러 옷을 적셨다.
오는 내내 들리던 새 소리가 더는 들리지 않고, 가쁜 내 숨

소리만이 귀를 메웠다. 정상에 가까워질수록 암벽 사이로 소나무와 동네 전경이 보였다. 오길 잘했지? 하며 인사하는 듯한 풍경. 대가를 지불하고 만난 정상에서 보는 광경은 정말 멋졌다. 바람이 땀을 금세 말려주었고, 걸터앉은 암석이 몸의 뜨거운 열기를 얼른 식혀주었다. 이날, 나는 효율만 따지며 사는 일이 얼마나 덧없는 것인지 깨달았다.

> "네 장미가 너에게 그토록 중요한 존재가 된 것
> 은 네가 장미에게 들인 시간 때문이야."

어린 왕자의 말처럼, 등산로를 찾기 위해서 겪은 시행착오와 들인 시간이 있었기에 조비산 등산은 더 소중한 기억으로 남았다. 효율에 집중할수록 조바심이 생긴다. 결과를 미리 계산하고 단정 지을수록 과정을 건너는 즐거움이 사라진다. 소중한 기억으로 남는 순간들은 효율적으로 보낸 시간이 아닌 시행착오를 온전히 겪어가며 이뤄낸 순간임을 마음에 새긴다.

22
버스에서 기록하는 유서

성악과를 지망하던 입시생 시절, 좁은 연습실에서 연습하다 잘 풀리지 않을 때면 피아노에 머리를 박고 한숨을 잘게 나누어 쉬었다. 한숨이 떠난 자리엔 여백이 없었다. 옆방, 또 그 옆방에서 연습하는 다른 입시생들의 목소리가 방을 빼곡히 채웠다. 모두가 달리는데 나 홀로 멈춰선 기분. 다른 친구들의 목소리가 나를 재촉했다. 이렇게 있으면 곧 뒤처질 거야. 불안한 마음에 다시 일어나 발성을 시작했다. 그러나 이런 상태에서 억지로 소리를 내면 금세 목이 쉰다. 성대는 소모품과 같아서 한번 상하면 원래 상태로 되돌리기 어렵다. 조바심 때문에 무리하게 연습하다가는 다음 날 컨디션이 더 안 좋아질 수 있다. 나는 피아노 뚜껑을 덮고 노트를 폈다. 입시 시험 곡은 주로 이탈리아 가곡과 독일 가곡이어서 단어의 정확한 뜻과 발음을 익히는 과정이 필수였다. 연습실 입구에 반납했던 휴대전화를 찾아와 단어를 하나씩 검색했다. 그동안도 불안감이 쉬지 않고 마음을 두드렸다. 다른 방들의 연습 소리가 점점 더 크게 들리고, 가슴이 조여오고, 머리가 팽이처럼 빙글빙글 돌았다.

　　'이러면 안 되는데….'

눈을 깜빡이면 곧장 눈물이 떨어질 것 같았다. 평일에는 4시간, 주말에는 8시간의 연습량을 채워야 하는데, 목표까지는 아직 까마득했다. 가방에 악보를 주섬주섬 담았다. 연습실을 벗어나야 마음이 편해질 것 같았다. 원장님께 몸이 아프다고 말하고, 신발을 서둘러 신었다. 원장님이 무언가 말을 꺼내려다 말고, 가서 쉬라고 하셨다. 원장님이 하시려던 말이 무엇인지, 나는 이미 알고 있었다. 몸 관리도 실력이라는 것. 엉덩이가 무거운 사람을 이길 수는 없다는 것.

연습실을 나와 무작정 버스 정류장으로 걸어갔다. 서울로 향하는 광역버스가 '곧 도착'한다는 안내 문구가 나왔다. 잔액이 얼마 남지 않은 버스 카드를 찍자 삐빅- 소리가 나더니 '청소년입니다'라는 멘트가 들려왔다. 창에 머리를 기대고 휴대전화 메모장을 열어서 두 글자를 입력했다. '유서'. 오늘이 내 인생 마지막 날이면 좋겠다는 생각이 머릿속에 가득 찼다. 경쟁을 부추기는 사람들. 최고가 되어야만 살아남을 수 있다고 가르치던 사람들의 얼굴이 머리에 스쳤다. 내가 조금이라도 힘든 기색을 보이면 조언을 하던 사람들, 나보다 더 힘든 환경에서 성공한 사람들의 이야기만 들려주던 이들은 내가 죽게 되면 어떤 표정을 지을까. 최고는 커녕 하루하루 살아가는 것이 나의 최선이었다는 것을 조금이라도 알아줄까.

'그는 어려운 역경을 딛고 훌륭하게 살았답니다'라는 위인전 속 문장이 이렇게 무거운지 미처 몰랐습니다.
나약한 저는 위인들과 달리 역경을 딛고 훌륭하게 살아갈 자신이 없습니다.
성공해서 잘살지 못할 바에는 일찍 죽는 게 낫겠다는 생각이 들어요.
저를 거두시고 성악을 가르쳐주신 김다혜 원장님, 수능 공부를 무료로 할 수 있도록 도와주신 임귀남 선생님, 긍정적으로 살라며 항상 지지해주신 오산 큰엄마.
죄송합니다. 저는 해낼 자신이 없어요.
기업은행 통장에 있는 돈은 제 친구 보슬이와 경주에게 얼마씩 주었으면 합니다.
모두에게 죄송합니다.

버스에서 내려 지하철로 갈아탔다. 서울에서도 자살률이 가장 높다는 마포대교로 향했다. 솔직히 다리 아래로 뛰어내릴 자신은 없었다. 하지만 뭐라도 선택하지 않으면 괴로움이 영영 사라지지 않을 것 같았다. 다리 위를 건너며 희망을 담은 문장들이 적힌 난간을 찬찬히 살폈다. 그것들을 읽으면 마음이 바뀌지 않을까, 하는 기대를 조금은 품었으나 난간 위 문장들은 어떤 온도도 느껴지지 않았다. 다리 중간에서 내 키보다 조금 낮은 난간을 잡았다. 지나가는 사람들이 나를 힐끔 바라보는 게 느껴졌다. 아무나 나를 붙잡고 안아주었으면 좋겠다고 생각했다. 난간 사이로 보이는 한강은 끝없이 어두컴컴했다. 저 까만 강에 떨어지면 얼마만에 죽을 수 있을까. 혹시라도 생존 본능이 발동해 죽기 살기로 빠져나오면 어떡하지. 아니면 뛰어내리는 순간 살고 싶어지면 그때는 또 어떡하지?

정말 오랜 시간 동안, 나는 다리 위에 동상처럼 가만히 있었다. 어떤 선택도 할 수 없었다. 결국 난간 아래에 쓰러지듯 주저앉아 일기를 썼다. 죽을 용기가 있으면 그 용기로 살아가라고 하는데, 나는 죽을 용기조차 없다. 그럼 나는 무슨 용기로 살아야 할까. 강바람에 손이 얼어서 더는 쓸 수 없을 때까지 버티고 나서야 나는 일어나서 걸음을 옮겼다. 아무런 결실도 맺지 못하고 돌아가는 길. 여기까지 왔으면 죽기 전에 하고 싶은 일이라도 떠오르든가, 보고 싶은 사람, 먹고 싶은 음식이라도 떠올라서 살고 싶은 마음이라도 얻을 줄 알았다. 어느새 텅텅 빈 다리를 걸어가며 생각했다. 아무것도 얻은 게 없는데 내일은 어떻게 살아가지?

글을 쓰고 있는 지금, 유서를 쓴 지 딱 10년이 흘렀다. 살아갈 용기도, 뛰어내릴 용기도 없던 17살의 나에게는 어떤 말이 필요했을까. 지금 생각해보면 "최고가 되지 않아도 괜찮아"였다. 어른들은 내게 부모님의 몫까지 최선을 다해 살라고 말했다. 개천에서 용 나듯 훌륭한 사람이 되라고 했다. 조금이라도 힘든 기색을 보이면 더 어려운 환경에서 특별하게 성장한 사람들의 이야기를 들려주었다. 그래서 나는 그렇게 살고 있지 않은 나를 탓했다. 그 자책감은 나를 쓸모없는 사람으로 여기게 했고, 한강 다리로 내몰았다. 좋은 대학에 가지 않아도, 1등을 하지 못해도 행복할 수 있다. 다른 사람과의 경쟁에서 벗어나 나만 두고 생각하는 것. 스스로 무엇을 해냈는지 생각하며 성취감을 누리는 것. 1등을 해야만 행복하다면, 일생에 행복할 수 있는 순간이 너무 적지 않을까. 2등, 10등을 해도 행복하다면 꽤 자주 행복할 수 있을 것이다. 어린 내게는 이 말이 필요했다. "최고가 아니어도 너는 충분히 가치 있는 사람이야."

23

사람들이 아닌 내가 원하는 노래

시간은 금세 흘러서 성악과 정시 실기 시험일이 되었다. 이른 새벽에 일어나 아침을 차려 먹은 뒤 버스를 타고 실기장으로 향했다. 실기장까지 배웅을 나온 다른 입시생들의 부모님들, 추운 겨울에 대기실 앞에서 자식의 시험이 끝나기만을 기다리는 엄마들을 보면 괜찮다가도 이내 마음 한켠이 쓰렸다. 나도 아직 엄마가 필요한 나이였다. 그러나 얼른 마음을 바로잡고, 대신 그 울컥한 감정을 노래에 쏟아부었다. 그래서인지 나는 밝은 분위기의 노래보다 휴고 볼프의 〈은둔 Verborgenheit〉처럼 슬픔이나 절망의 정서를 노래하는 곡들이 부르기 편했다.

Laß, o Welt, o laß mich sein
오, 세상이여, 나를 버려두소서!

locket micht mit Liebesgaben

사랑의 선물로 유혹하지 마소서

Laßt dies Herz alleine haben

이 마음은 오직 나만의 것이게 하소서

Seine Wonne, seine Pein!

이 기쁨과, 이 고통 모두!

Was ich traure, weiß ich nicht,

이 고통이 무엇인지 나는 알 수 없습니다

es ist unbekanntes Wehe;

이것은 알 수 없는 슬픔입니다

immerdar durch Tränen sehe

오로지 눈물을 통해서만 나는

ich der Sonne liebes Licht.

태양의 사랑스러운 빛을 볼 수 있습니다

—〈은둔〉 중에서

음악학원 원장 선생님은 내가 표현하는 능력이 탁월하다고 말씀하셨다. 자신감을 심어주기 위한 말일 수도 있지만, 나는 그 말을 지푸라기처럼 붙잡았다. 차가운 대기실 복도, 실밥이 튿어진 드레스를 옷핀으로 간신히 정리한 옷을 입은 나는 확실히 다른 학생들보다 초라했다. 하얀색 번호표를 가슴에 달고 실기장 앞에 서서 쉼 없이 두들겨대는 심장

박동을 애써 진정하며 생각했다.

나는 특별한 삶을 살았어. 분명 내 노래에는 건강한 가정에서 자란 친구들이 표현할 수 없는 무언가가 있을 거야.

그리고 나는 음대에 입학했다. 우울감이 살짝 덜어진 자리에 자부심이 생겼다. 부모님의 물질적, 정신적 지원 없이 내힘으로 이뤄낸 합격이 감격스러웠다. 그러나, 입학은 시작에 불과했다. 입학 이후 노래를 즐거운 마음으로 불러본 기억은 드물었다. 다른 분야도 마찬가지겠지만, 특히나 예체능 계열에서는 모두가 '단 하나의 최고'가 되기 위해 노력한다. 아무리 평소 실수 없이 잘해왔더라도 주어진 무대 위, 몇 분 안에 제 실력을 보여주지 못하면 무대에서의 그 모습이 평소 실력이 돼버린다. 허망한 일이다. 허망해지지 않기 위해서는 쉴 틈 없이 치열하게 연습해야 했지만, 레슨비와 생활비는 돌덩이처럼 무거웠다.

결국 압박을 견디지 못한 나는 입학 반 학기 만에 자퇴를 결정했다. 노래라는 단어를 구겨서 마음 깊이, 보이지 않는 곳에 던져버렸다. 나보다 노래를 잘하고 환경도 좋은 친구들이 세상에 차고 넘치는데 내가 굳이 노래해야 할 이유는 무엇일까. 나는 왜 노래하는가? 그 질문에 답을 할 수가 없었다. 노래하는 일이 행복하다면 답을 했을 것이다. 노래를 계속할 수 있었을 것이다. 경제적인 어려움은 핑계인지도 몰랐다. 그러나 당시의 나는 노래를 사랑하지 않았다. 정확히 말하면, 정답이 정해진 노래를 하고 싶지 않았고, 노래할 때 행복하지 않았다. 당시 내게 노래란 그저 나를 증명할 수 있는 유일한 수단이자 세상에서 살아남기 위한 유일한 도구일 뿐이었다.

2년 뒤 내가 다시 노래를 할 수 있게 한 것은 나의 "노래 자체가 아름답다"는 응원이었다. 입시생 때는 레슨 중에 늘 지적만 받았다. 잘하는 것을 인정받기보다는 못하는 부분을 고쳐야 입학할 수 있기에 입시를 위해서는 효과적인 지적이었지만, 노래를 사랑하는 데는 걸림돌이 되었다. 다시 노래를 시작하도록 격려해주신 윤성언 선생님은 내가 가진 가능성을 높이 사주셨다. '유진이 소리 빛깔이 참 귀하다'고 이야기해주셨다.

윤성언 선생님의 권유로 합류한 교회 성가대에서 하루는 솔로 부분을 맡게 되었다. 예배 시간 내내 마음이 쿵쿵 뛰었다. 엔도르핀처럼 노래를 할 때만 나오는 호르몬이 있는 것 같았다. 낯선 호르몬이 흘러나와 내가 살아 있다는 것을 일깨워주는 듯한 기분이었다. 반주를 해준 언니는 찬양이 끝나고 내게 이런 말을 건넸다.

> "내가 전공하면서 노래 잘하는 사람을 수도 없이 봤어. 유진이보다 기술이 좋고 잘하는 사람도 분명 있었겠지?

그런데 네 노래에는 울림이 있어. 노래를 포기
하지 않았으면 해.”

그날 이후, 노래를 잘하는 사람으로 보이기 위해 노력하는
것을 그만두었다. 이제는 노래하고 싶다는 마음이 중요했
다. 노래는 수단이 아니라 목적이 되었다. 노래를 잘하는 이
들의 영상을 보고 억지로 따라 하거나 배우려는 것도 그만
두었다. 더는 내 삶의 초점을 다른 사람에게 맞추지 않기로
했다. 그리고 처음으로 자신의 의견을 물었다.

‘어떻게 노래하고 싶어? 이 부분을 어떻게 표현
하고 싶어?’

그러자 내 안의 내가 오랜 침묵을 깨고 입을 열었다.

‘부드럽고 잔잔하게 노래하다 점점 감정을 싣고
싶어.’

놀랍게도 나는 원하는 것을 알고 있었다. 그동안 들어주려
고 하지 않아서 닫고 있었을 뿐. 그동안 안 된다고 여겼던
이유를 하나씩 들어낼 것이다. 나보다 노래를 잘하고 환경
도 좋은 친구들이 세상에 차고 넘치는데, 내가 굳이 노래해
야 할 이유는 무엇일까? 답은 나만이 할 수 있는 노래가 있
기 때문이다.

24

아라보다

바깥 시선이 아닌 나를 믿으며 노래를 부르자 혼자 있을 때
도 노래를 흥얼거리는 일이 늘었다. 심지어는 난생 들어본
적 없는 멜로디를 흥얼거리는 일도 생겼다. 여러 번 그냥 흘
려보내다가, 문득 노트에 적어두었던 버킷리스트가 떠올랐
다.

　　작사 작곡해서 음원 내기.

어쩌면 정말 내게도 세상에 없던 곡을 만들어낼 수 있는 음
악성이 있는 게 아닐까? 그날부터 나는 멜로디를 녹음해두
기 시작했다. 길을 걷다가도, 잠자리에 들어 눈을 감고 있다
가도 새로운 멜로디가 떠오르면 녹음기를 켰다. 그러던 어
느 날 기회가 찾아왔다. 보건복지부가 운영하는 유튜브 채
널의 '뷰피플'이라는 코너에서 나를 주인공으로 하는 미니

다큐멘터리를 제작하고 싶다는 연락이 왔다. 담당 피디님은 구성안을 설명하면서 마지막 장면에 내 자작곡을 싣고 싶은데, 한 달 안에 노래를 만들 수 있겠냐고 물었다. 정식으로 곡을 만든 경험은 없었지만, 나는 단번에 대답할 수 있었다.

"네, 할 수 있어요."

그렇게 나의 첫 번째 노래, 〈아라보다〉가 세상의 빛을 보게 되었다.

미니 다큐멘터리
'뷰피플' 보기

〈아라보다〉 듣기

〈아라보다〉 이후 써둔 미발매 곡은 총 7곡이다. '에이, 작곡과를 나온 것도 아닌데 내가 어떻게 노래를 만들어' 같은 생각이 속삭일 때마다 생각한다. 나는 내가 믿는 대로 살아가게 되어 있다고. 스스로 못 할 거라 믿는다면, 나는 모든 에너지를 쏟아서 못 한다는 것을 증명해낼 것이다. 반대로 할 수 있다고 믿는다면, 역시 모든 에너지를 쏟아서 할 수 있다는 사실을 증명해낼 것이다. 어떤 선택이든 에너지는 들기 마련이다. 그렇다면 내게 있는 에너지를 할 수 있다고 믿는 쪽으로 쓰며 살아가고 싶다. 이런 믿음을 선택한 삶이 녹아 있는 노래를 만들고, 세상 앞에서 부르고 싶다.

25
Within Me

어린 시절에 큰 사건을 겪은 뒤로 내 이름이 세상에 알려지는 것이 몹시 두려웠다. 그래서 유튜브 활동을 할 때도 예명을 사용했다. 초반에는 얼굴도 올리지 않고, 노래 영상만 올렸다. 한번은 임귀남 선생님과 통화하던 중에 이상한 낌새를 알아차린 선생님이 무슨 일이 있었냐고 물으셨다. 내가 대답하지 못하고 하염없이 울기만 하자 임 선생님은 자신의 과거를 담담한 목소리로 들려주셨다. 늘 완벽해 보였던 선생님에게도 연약한 모습이 있었구나. 선생님의 이야기를 듣자 나도 없던 용기가 생겼다. 나는 아주 조심스럽게 내 이야기를 꺼냈다. 내 이야기를 끝까지 잠자코 듣던 선생님이 마침내 입을 열어 말씀하셨다.

  "그래서 사람들에게 알려지는 게 두렵겠구나. 그
   런데 유진아, 만약 네가 지금 걱정하는 일이 실

제로 일어난다 하더라도 주위 사람들은 쉽게 등 돌리지 않을 거야. 모르는 사람들이 너에 대해 떠들겠지만, 네 사람들과 함께 힘든 시간을 버티고 나면, 너는 정말 깊은 사람이 될 거야."

선생님의 따뜻한 말들이 마음속에 잠잠히 들어왔다. 아픈 만큼 깊어진다는 말이 무엇인지 조금 알 것 같았다. 인생을 뒤흔들 만한 큰 사건을 겪고 나면, 아픔도 크지만 사건 이전과는 비교할 수 없을 정도로 깊고 단단해진다. 그리고 소중한 사람들은 변함없이 내 곁에 있을 것이다. 전화를 끊자 마음이 개운해졌다. 용기를 내서 처음으로 얼굴을 드러내고 노래한 영상을 올렸다. 지레 걱정했던 일들은 아무것도 일어나지 않았다. 악플도, 비난도 없었다. 오히려 응원이 있었다. 이 글을 쓰고 있는 지금 유튜브 채널 이름을 '선아라'에서 '모유진'으로 바꿨다. 30초도 걸리지 않는 간단한 작업이지만, 내게는 선언과도 같다. 이제는 숨어 살지 않을 거다. 내 이름과 내 노래로 사람들에게 감명을 줄 거다. 그렇게 발매한 곡이 〈Within Me〉이다. 〈싱투게더〉를 통해 발표한 이 노래에는 성폭행 피해자로서 살아온 이야기를 담았다.

〈Within Me〉 - Glorifi
듣기

교통사고를 겪은 피해자에게 그 사실을 숨기라고 말하지 않는다. 성폭력도 마찬가지다. 우리가 그 사실을 감추고 살아갈 이유가 없다. 이 노래는 내 안에 새겨진 자국조차 사랑하겠다는 선언에 가깝다. 깨어진 꿈의 조각들을 다시 이어 붙여볼 것이다. 여기저기 금이 가 있더라도 내 그릇을 받아들일 것이다. 나의 삶은 다른 사람들의 손에 달려 있지 않기에, 이제는 수많은 사람이 비난하더라도 나를 지키는 법을 포기하지 않을 것이다. 나와 비슷한 상황에 처한 이들과 세상에 전하고 싶다. 우리만이 가진 가치와 아름다움을.

28

영감은
낚는 것

작사나 작곡을 흔히 '창작'이라고도 한다. 세상에 없던 것을 만들어내는 일이라 여겨지기 때문에 보통 쉽게 도전하기 어려운 마음이 든다.

나는 작사 작곡이 낚시와 비슷하다고 생각한다. 이 세상에 새로운 것은 없다고 여긴다. 이미 존재하는 무수한 영감들을 조합하거나 새롭게 소화하는 것. 즉 세상에서 영감을 '건져내는 것'이라고 생각한다. 차에서 운전하면서 얻을 수 있는 멜로디와 사람이 없는 산속 계곡에서 건질 수 있는 선율과 가사는 분명 다르다. 장소에서 주는 영감이 있기 때문이다. 중요한 것은 발견하기로 마음먹는 것이다. 작사와 작곡에 관심이 없을 때는 내게 한 줄의 멜로디조차 나오지 않았다. 내게 그런 재능이 있다고 생각하지 않았기 때문이다. 그래서 당연히 작곡을 시도해보지도 않았다. 하지만 곡을 만들겠다는 다짐으로 선율을 써 내려가려 집중하자 놀랍게도 세상은 내게 멜로디를 주었다. 소리는 이미 존재한다. 그 소리들을 조합하여 멜로디를 쓰는 것은 만들어낸다기보다는 얻는 것에 가깝다. 가사도 마찬가지이다. 이미 글은 존재한다. 단어들도 존재한다. 세상을 살아가는 문화들, 마주하는 상황들, 그에 따른 감정들도 이미 존재한다. 그 안에서 가사가 될 요소를 건져내는 것뿐이다.

그렇다면 영감이란 뭘까. 나의 경우, 영감은 갑자기 찾아와 문을 똑똑 두드린다. 그러고는 "저기, 이런 글을 쓰고 싶은데 한번 들어봐 줄래?"하고 말을 건넨다. 아직 제대로 인정받은 경험이 없는 나의 영감이 자신 없다는 듯 쭈뼛쭈뼛 글을 들이민다. 만약 이때 내가 '에이, 내가 무슨 글을 써. 쓸모없을 거야'라고 생각하면, 영감은 눈치를 채고 글과 함께 온데간데없이 사라져버린다. 그러나 이때 영감의 글을 재빨리 읽고 메모장에 적어두거나 음성 기록으로 남겨두면 영감은 이후 시도 때도 없이 찾아와 말을 건넨다. "새로운 아이디어가 떠올랐는데 또 들어봐 줘"라면서. 영감을 놓치지 않기 위해서는 아무리 하찮게 보이는 것이어도 쓸모없다고 함부로 여기지 않는 연습이 필요하다. 영감이 자주 찾아올수록, 영감과 자주 소통할수록 낚아 올릴 것이 더 잘 보이기 때문이다. 가끔 기다려도 영감이 오지 않을 때가 있지만 그럴 때는 영감이 미끼를 구할 수 있도록 새로운 곳에 다녀오거나 잠시 환기해준다. 때로는 책을 읽거나 음악을 듣거나, 새로운 장소에서 사람을 만나 대화한다.

은퇴 이후 내면의 예술적 창조성을 발견하고 삶을 변화시키고자 하는 이들을 돕는 안내서 『아티스트 웨이』에서는 다음과 같은 내용이 나온다.

> "제가 이제 와 피아노를 배우고 나면 몇 살이 될 것 같아요?"
> "당신이 피아노를 배우지 않더라도 어차피 그 나이가 될 거예요."

내가 공부하는 성악은 선율이 매우 중요하다. 그러나 실용 음악에는 리듬이 가장 중요한 약속이다. 대중을 상대로 한 일반 가요를 작업할 때 실용 음악을 전공한 친구들과 협업할 일이 많기 때문에 전공에 따른 견해차가 있었다. 그러다 최근에 리듬감을 길러야겠다는 생각이 들어서 드럼 레슨을 시작했다. 작곡에 도움 되도록 기타도 배우고 있다. 예전 같았다면 '이제 와 박자 감각을 익히기에는 너무 늦었는걸' 하고 생각했을 테지만, 이제는 그 생각이 어리석다는 것을 안다. 세상에 늦은 것은 없으니까.

"그래서, 해봤어?"라는 말의 힘을 믿는다. 누군가는 내게 재능이 많다고 이야기하지만, 나는 내 재능이 한 가지라고 생각한다. '이거, 해보면 할 수 있을 것 같은데?'라고 생각하는 마음이다. 그 마음 덕에 나는 음악을 쉴 때도 캔들과 디퓨저를 만들고, 수초 어항을 꾸미고, 글을 쓰고, 그림을 그린다. 동화책을 그리기도 하고, 캐릭터 상품을 만들기도 한다. 세상은 우리에게 발견되기를 기다리고 있다. 모든 곳에는 영감이 꿈틀거린다. 저마다 쌓아온 경험과 시야로 볼 수 있는 영감이 다를 뿐. 다들 오늘 자신의 숨은 영감을 한번 찾아본다면 좋겠다. 무엇이든 낚아보면 좋겠다.

27

예민함이라는
특별함

최근 친구와 작은 언쟁이 있었다. 불편한 대화가 오가던 중에 친구가 툭 건넨 볼멘소리가 가슴에 쿡 박혔다.

"유진이 너는 특히나 예민하잖아."

맞다. 내가 생각해도 나는 꽤 예민한 편이다. 특히 공간과 소리의 영향과 변화에 무척 민감하게 반응한다.
주로 혼자 일할 때가 많은 나는 카페에서 자주 일하는데, 카페의 위치와 조명, 틀어주는 음악과 좌석 간의 간격까지 신경 써서 고른다. 내가 좋아하는 카페는 한적한 동네에 자리한 단독 건물이며, 대화를 나누는 사람들보다 조용히 업무를 보거나 책을 읽는 사람이 많은 곳. 배경 음악으로 비트가 빠른 가요를 틀지 않고, 음악 볼륨을 낮고 일정하게 유지하는 곳. 그러니까 한적하고 조용한 카페들이다. 아무래도 소리에 예민하기 때문이다. 가끔가다 쿵짝쿵짝 아이돌 노래를 틀거나 비트가 빠른 음악, 콘서트장이라도 되는 마냥 음악을 크게 트는 곳을 가게 된다면, 10분도 버티지 못하고 나올 때가 많다. 보통 음원 차트를 휩쓰는 곡들은 사람들의 귀에 중독이 되게 하려고 만든 곡이다. 내 집중을 돕기 위한 곡이 아니다. 아무리 듣지 않으려고 애써도 집중력을 빼앗기기 쉽다. 이런 음악을 트는 곳에서는 혼자 일하기도 어렵고, 사람과 대화를 나누는 것도 쉽지 않다.

나는 소리와 사람의 감정이 깊이 연관되어 있다고 생각한다. 일상의 모든 소리 역시 의도나 감정이 배어 있다. 음료를 찾아가라며 요란하게 울리는 카페의 진동 벨 소리는 사람을 서두르게 하려는 의도가 담겨 있다. 원두를 가는 그라인더 소리, 서둘러 계단을 오르내리는 소리, 자동차의 짜증어린 경적, 유독 빠르고 거친 타자 소리…. 친구와 대화할 때도 마찬가지다. 말과 다르게 목소리에는 다른 감정이 있을 때가 있다. 나는 그런 것들을 알아차리는 감각이 예민하다. 그래서 가끔은 친구나 지인이 자신도 모르는 감정을 내가 먼저 알아챌 때도 많다. 한번은 "좋아"라는 친구의 말과 달리 그의 목소리에서 불편함을 감지했다. "정말 괜찮겠어? 조금 불편해 보이는데" 하고 되물었던 내게 친구는 '불편하지 않다'고 말했지만, 시간이 흐른 뒤에 친구는 당시에 실제로 불편한 마음을 갖고 있었다고 고백했다.

이렇게 상대가 감추고 싶어 하는 마음을 내가 발견할 때 내가 가진 예민함이 불필요하게 느껴진다. 모르는 척하는 것이 서투를 때는 눈치챈 것을 그대로 확인해보려고 했다. 반응은 당연히 좋지 않았다. 상대의 방어기제가 나를 쿡 찔렀고, 그래서 나는 나대로 상처받았다. 숨기고 싶은 마음을 누군가 억지로 열어보려고 하면 거부반응이 일어나는 것은 당연한데, 당시에는 굳이 확인해보았다. 이렇게 여러 차례 서투른 과정을 거치고 난 뒤 결국 나는 발견하는 감정을 모르는 척하기로 마음먹었다.

눈에 보이는 것을 안 보이는 척하는 건 쉽지 않다. 화려한 장식을 한 엄청나게 큰 분홍 코끼리가 앞에 있는데 안 보이는 척하는 게 얼마나 어려운 일인가! 결국 모르는 척하는 내 반응이 더 어색해지고 오해를 낳았다. "어디 불편해?"라는 말을 들을 때도 있었다.
한때는 세상 사람들이 이 많은 것을 어떻게 다 모르는 척하고 살아가나 의문이 들었다. 모르는 척하는 데에도 큰 에너지가 들 텐데 말이다. 말을 듣는 것 같지만, 다른 생각을 하고 있는 표정, "어떡해, 속상하겠다"라며 위안을 건네는 입술과는 다르게 내심 안도하거나 미세하게 기뻐하는 눈빛을 읽어냈을 때 어떻게 그 사람과 여전히 웃으면서 시간을 보낼 수 있을까. 상한 음식을 모르는 척 먹는 것만큼 힘든 일이었다.

어느 날 종종 찾아뵙는 임광래 목사님께 고민을 털어놓았다.

"제 오지랖이 너무 심한가 봐요. 너무 많은 부분
을 미리 고려하고 채워주려 해요."

그때 목사님이 웃으며 이렇게 말씀하셨다.

"유진아. 오지랖은 다른 말로 사랑과 관심이다.
세상에 사랑과 관심이 없었다면 우린 벌써 세
상에 있지 못하고 떠났을 거야. 너는 사람을 향
한 사랑과 관심을 바탕으로 원하는 것을 표현
하지 못하는 사람의 필요까지 파악할 수 있잖
니. 그것은 특별한 재능이란다."

나를 피곤하게 하는 예민함과 오지랖은 그날로부터 사람의
필요를 채워주는 사랑과 관심, 재능으로 탈바꿈되었다. 그
렇게 생각하면 피곤한 것은 받아들일 수 있었다. 체력을 쓰
며 연탄을 나르거나 집을 수리하는 봉사를 하면 몸이 피곤
하듯이, 나는 특별한 상황을 통해 훈련된 예민함으로 사람
을 도울 수 있으니까.

나는 분명 예민하게 감각을 세워야 하는 상황 속에서 자랐
다. 어린 시절부터 섬세한 신호들을 파악해야 살아남을 수
있었기에 그때마다 예민함이 계발되었을 거다. 예민함은 분
명 자신을 피곤하게 할 때도 있다. 하지만 그만큼 특별하게
쓰일 수 있다.

시인 박목월은 한밤중의 고요 속에서 사각사각, 향나무 연필을 깎는 작은 소리에도 귀를 기울이며 초고를 썼다고 한다. 그런 예민함을 가진 사람이었기에 세상을 남들과 다른 시선으로 보며 시를 쓸 수 있었던 게 아닐까.

28

내가 꾸는
꿈들

기아대책에서 하는 '마이리얼멘토단' 활동 중에 토크 콘서트에 참여하게 되었다. 이전에 작곡해두었던 〈아라보다〉와 〈Within Me〉를 부르고, 토크 콘서트를 위한 합창곡을 하나 작곡하기로 했다. 이 콘서트에는 가수 이진아와 김미경 연사님이 함께 출연하기로 했다. 우리는 공연 앞에 인트로 영상을 만들기로 했고, 자립청년 당사자인 나도 출연했다. 이 공연의 영상 촬영을 맡은 제작사는 이 프로젝트를 진심으로 잘 이끌고 싶어 했다. 전화로 사전 질문과 답을 나눴는데, 질문지에는 무려 36개의 질문이 담겨 있었다. 현재 거주하는 곳과 직업과 같은 개인적인 질문부터 자립청년으로서 마주하는 어려움까지 많은 조사를 통해 꾸린 티가 물씬 풍겼다. 그중 피디님과 어린 감성을 회상하며 함께 공감하고 나눌 수 있었던 질문이 있었는데, '어릴 적 꿈이 무엇이었나요?' 하는 질문이었다.

아빠 친구들이 내게 "유진이는 커서 뭐가 되고 싶어?"하고 물으면 나는 "파워 디지몬이요!"하고 대답했다. 디지털 세계와 현실 세계를 배경으로 한 파워 디지몬이 어린 나의 꿈이 되었던 데는 2가지 이유가 있다.

그곳의 아이들, '선택받은 자'에게는 디지몬 친구들이 있다. 늘 자신의 편이 되어주고, 어려울 때 함께 싸워주며 지켜주는 분신과도 같은 존재. 세상에 하나밖에 없는 특별한 존재와 함께 '무엇을 먹을까?' 하는 사소한 고민부터 세계를 구하는 일까지 함께 나눌 수 있는 친구였다. 디지몬과 함께하는 선택받은 자들은 공동체를 이루었다. 함께 난관을 건널수록 결속력은 더욱 단단해졌다. 내게는 마땅히 친구라고 할 만한 사람이 없었다. 아빠를 따라 하우스, 경마장, 술집에서 자란 내가 또래 친구들과 제대로 된 공감대를 이룰 리가 없었고, 겨우 사귄 친구들은 그들의 부모가 나를 꺼렸다.

어른들의 대화에 겨우 끼어 외로움을 달래던 시간은 나를 빨리 자라게 했다. 또래 친구들과 대화하다 보면 '애는 내 말을 이해할 수 없겠구나' 하고 속으로 느끼고, 대화를 포기한 적이 여러 번이었다. 그런데 디지몬 어드벤처의 친구들은 달랐다. 모두 어른스러운 생각을 하고 서로 지지했다. 부모님이 시키는 대로 사는 게 아니라 직접 판단하고 선택했다. 서로 위기에 처할 때 돕고 세상을 구했다. 여기에 두 번째 이유가 담겨 있었다. 나는 파워 디지몬을 보며 세상을 구하는 꿈을 꾸었다.

하지만 원대한 포부가 담긴 내 꿈은 그리 오래가지 못했다. 당당하게 꿈을 소개하는 내게 "현실적인 꿈을 꿔야지"라며 아빠가 찬물을 끼얹었기 때문이다. 고물상 안에 자리 잡은 컨테이너. 노란 장판과 유리 테이블. 그 위 재떨이에 재를 털던 아빠의 무심한 말 때문에 내 꿈은 실현 불가능해졌다. 하루에도 대여섯 번 같은 비디오테이프를 돌려보며 대사까지 외우던 나는 그 이후로 파워 디지몬에 흥미를 잃었다.

그로부터 20년이 지난 지금, 아빠 말처럼 나는 현실적인 꿈을 꾸고 있다. 가상 세계에서 디지몬을 구하는 게 아닌, 현실에서 어려움을 겪고 있는 청년들을 돕는 것으로. 자립준비청년. 세상에 혼자 남겨져서 누구도 믿지 못한 채 경계속에 자라온 아이들. 단 한 사람이라도 그들 곁에서 지지해 준다면 놀라운 모습으로 자랄, 받은 도움을 몇 배로 돌려 줄 선한 마음을 가진 예쁜 친구들. 그들과 성장을 함께하는 사람이 되고 싶다.

아라보다 공방 카페

'아라보다'는 이태리어 아라레 arare에서 영감을 얻었다. 아라레에는 경작하다(cultivate), 항해하다(navigate)라는 2가지 뜻이 담겨 있다. 생명이 자라게 하기 위해 땅을 갈고 가꾸는 것처럼 자립준비청년들이 살아갈 세상을 조금 더 다정하게 일구는, 생계 걱정과 노동으로 점차 꿈을 잃어가는 친구들에게 새로운 목표를 함께 정하고 항해할 수 있도록 돕는 곳. 그곳이 바로 내가 꿈꾸는 아라보다 공방 카페다. 그림을 그리거나 작은 소품을 만들 수 있는 청년이 찾아오면 함께 상품화할 수 있도록 고민하고, 카페에서 판매해 청년의 후원금으로 지원하고, 한켠에서 매달 작은 콘서트를 열고, 언제든 고민을 안고 찾아오는 청년들의 만남의 장이되는 곳. 가능하다면 작은 마당이 있어서 소박한 정원을 꾸미고, 때때로 자립청년들과 식물을 가꾸어볼 수 있는 그런 카페를 만들고 싶다. 내부를 바다처럼 꾸미고, 카운터는 하얀 배 모양, 조명은 구름 모양으로 달아 도시 속 작은 바다에서 나는 사장이 아닌 선장이 되고, 함께 일할 자립청년들은 직원이 아닌 선원이 되는, 그런 꿈을 꾸고 있다.

자립준비청년 마을

"가장 큰 꿈이 있는데, 일단 꿈이니까 말해볼게요."

혹시나 비웃지는 않을까 먼저 말을 꺼낸 내게, 제작사 피디님은 답했다.

"파워 디지몬이 되는 꿈도 말해주셨는데요(웃음). 편하게 말씀해주세요."
"언젠가 외곽에 자립준비청년 마을을 짓고 싶어요. 그 안에서 그룹 홈(최대 7명의 아이가 선생

님들과 가정을 이루는 아동양육시설)도 몇 가
정 짓고, 자립청년이 운영하는 카페, 음식점도
여는 마을이요. 그렇게 그 안에서 자립준비청년
들이 안전하게 세상에 나갈 준비를 할 수 있으
면 좋겠어요."

이렇게 말하자 피디님이 갸웃하며 되물었다.

"왜 밖으로 나가요? 마을이면 그 안에서 살아도
되잖아요."
"부모도 아이를 언제까지 품에 넣고 살지 않잖
아요. 언젠가 사회 구성원이 될 수 있도록 교육
하고 가르치는 것처럼, 자립준비청년끼리 사는
것이 아니라 언젠가는 세상 속에서 다른 사람
들과 섞여서 살 수 있도록 돕고 싶어요. 그리고
분명 세상은 자립청년을 필요로 할 거예요. 어
려움을 겪은 만큼 많은 재능이 있으니까요."

피디님은 고개를 끄덕였다. 내가 만약 큰 회사를 운영하는
CEO이고, 2명의 자녀가 있다고 가정해본다. 첫째 아이는
가정에서 공부하며 안전한 울타리 안에서 이론적으로 경영
을 배웠고, 둘째는 무수한 아르바이트부터 차곡차곡 사회
경험을 쌓았다. 둘째는 하나씩 부딪히고 스스로 선택하며
부모의 도움 없이 세상을 살아가는 법을 익힌 것이다. 이후

회사를 물려줄 후계자를 정할 시기가 왔을 때 누구에게 물려주어야 할까. 나는 안전하게 울타리 안에서 자란 첫째가 아닌 어려움 속에서 이리저리 고난을 겪어가며 자란 둘째를 선택할 것이다. 나는 자립청년들이 둘째 같은 자녀라고 믿는다.

이렇듯 다듬지 않은 원석 같은 자립준비청년들은 자랄 때 자신을 신뢰하는 법을 잃고 낙담하는 경우가 많다. 찾아오는 불행과 고난이 자신의 탓이라고 여길 때 앞으로 한 걸음을 떼는 것도 버거워진다. 자립청년이 우울증을 겪고 있을 때 "네가 햇빛을 보지 않아서 그래. 매일 규칙적으로 생활해야지"라고 말한다면 청년은 상처가 자신의 탓이라고 여긴다.

회사를 근속하지 못하고 그만두기를 반복하는 자립청년에게는 분명히 그럴 만한 아픔과 상처가 있다. 스스로 책망하게 두는 것이 아닌, 분명히 외부적인 요인으로 아픈 것임을 알려주고, 그 아픔이 단지 자신을 괴롭히는 '처벌'이 아니라 원석을 재련하는 '과정'이라고 믿는다면 청년은 그 시간을 견딜 수 있다.

그러므로 내 꿈은 파워 디지몬처럼 자립청년을 믿어주는 사람이 되는 것이다.

29

자립준비청년에게 하지 말아야 하는 이야기

1. 너 갈 곳 없어서 여기 온 거야

이 말은 위탁 가정에 있을 때, 부모님의 통제에 따르지 않을 때면 슬로건처럼 따라붙는 말이었다. 갈 곳 없는 나를 고맙게 거두어주었으니, 주제에 맞게 행동을 하라는 말이었다. 이 말을 들을 때 내 자긍심은 표정과 함께 구깃구깃 해졌다. '갈 곳이 없는' 아이라는 말을 듣고 나면 며칠 동안 침울하거나 눈물이 찔끔 날 때도 많았다. 하지만, 나는 애써 마음을 지키기 위해 생각을 재빨리 수정했다.

'아니야. 분명 그대로 날 두었다면 더 좋은 입양처가 있었을 거야. 오히려 지금보다 더 나은 생활을 했을지도 모르지. 내게서 나오는 후원금과 정부지원금이 필요해서 데려온 건 오히려 저 사람들이잖아. 나는 이 가정에 도움이 되는 사람이야.'

하지만, 언제 날아올지 모르는 공격에서 자긍심을 지키기

183

에는 긍정적인 데이터가 부족했다. 자주 내가 정말 괜찮은 사람인지 의심이 들었다. 내게서 괜찮은 증거를 찾아내려 할수록 부정적인 것들이 더 많이 보였다. 허름하고 볼품없는 옷가지들, 색이 노랗게 바랜 교복 셔츠, 직접 줄이다가 너덜너덜해진 치마. 그 외에도 어려운 친구 관계와 가까워지지 않는 가족. 무엇 하나도 내가 괜찮은 사람이라고 말해 주지 않았다.

'청년들의 걱정 없는 하루'라는 위탁 가정 자조 모임의 부회장을 맡은 나는 위탁 부모님들의 자립 교육에 관해 강의할 기회가 있었다. 강의를 들으러 오신 분들은 대부분 나이가 지긋하신 할머니였다. 나는 일찍 도착해 앞선 강의들을 들었다. 강의들은 전반적으로 '위탁 부모 마음 격려하기'에 초점이 가 있는 듯했다.

"아이 키우기 너무 힘드시죠. 정말 고생이 많으셨어요. 좋은 일 하고 계신 거예요"처럼 위로하고 격려하는 말들이 자립 교육 강의와 영상에서 반복적으로 나왔다. 내 앞 순서의 다른 강사분이 위탁 부모들에게 자기소개를 부탁했다. 위탁 부모들은 간단한 소개를 한 뒤 자녀들에게 상처받았던 이야기를 분출하듯 쏟아냈다. 아이와 위탁 부모 간의 감정의 골이 하나같이 깊어 보였다.

내 강연 차례가 왔다. 11살 때 아버지가 세상을 떠나고 위탁 가정으로 간 이야기와 현재 대학에 다니며 자립준비청년을 돕고 있다고 나를 간단하게 소개했다. 그리고 아이는 절대 혼자 자랄 수 없다는 것, 위탁 부모님들의 보살핌이 있었기 때문에 자랄 수 있었다는 감사의 말을 이어서 전했다. 그리고 숨을 한차례 고른 뒤 강연 자료를 다음으로 넘겼다. 화면에 뜬 〈아이에게 하면 안 되는 말〉 자료에는 '갈 곳 없어서 여기 온 거야', '말 안 들으면 고아원으로 보낼 거야'라는 말 등이 포함되어 있었다. 하나씩 말들을 읊으며 혹시 아이에게 이런 말을 건넨 적 있는지 물었다. 놀랍게도 대부분의 위탁 부모가 아이에게 이런 말을 했다고 답했다. 나는 그들에게 이렇게 말했다.

"오죽 답답하고 힘드셨으면 이런 말들을 하셨을까요. 하지만 아이는 언젠가 가정을 벗어나 사회에서 사람들과 함께 살아야 해요. 그런데 이런 말을 들은 아이들은 늘 자신을 무가치하게 바라보고, 다른 사람들보다 자신을 비정상적으로 낮게 책정해요. 아이가 버림받아서 온 존재가 아닌, 특별한 고난을 통해 멋진 사람이 되는 과정을 지금 겪고 있다고 느낀다면, 그 아이는 누구보다 건강하게 자랄 수 있을 거예요."

나는 언젠가 위탁 부모가 될 것이다. 그룹 홈을 운영하는 꿈을 꾸고, 아이들에게 어떤 이야기를 해줄 수 있을까 고민해보고는 한다. 아마 어린 내가 듣고 싶었던 말일 것이다. 나는 마음 한 자락을 지키기 위해서 간절히 바랐던 그 말들을 그동안 조금씩 기록했다. 그 기록을 위탁 부모들에게 전했다. 오늘 집에 돌아가시면 자녀에게 이렇게 말해달라는 당부와 함께.

"특별한 일을 해야 할 사람에게는 남들과는 조금 다른 고난이 찾아오기도 한단다. 나는 네 안에 있는 무궁한 가능성이 느껴져. 너는 분명 많은 사람에게 도움을 주고 선한 영향을 주는 사람이 될 거야. 그런 너의 어린 시절과 자라는 과정을 곁에서 지켜볼 수 있어서 참 감사하다. 너는 내게 선물 같은 아이야."

2. 나라의 도움받는 것을 감사하게 여겨라

"귀한 세금으로 생계비를 줘도 그 돈으로 술 마시고 담배 피우는 아이들이 많아요! 감사하게 여기지는 못할망정."

자립준비청년 간담회 자리에서 한 어른이 꺼낸 말이었다. 몇몇은 수긍하는 듯 고개를 끄덕거렸다. 경제적 지원 확대가 필요하지 않다는 주장이었다. 그 말에 나는 조심스럽게 대답했다.

"부모님이 모두 살아계시는 가정의 자녀들도 부

모님께 받은 용돈으로 술도 마시고, 담배도 피웁니다. 하물며 의지할 곳이 상대적으로 적은, 경제적인 교육을 제대로 받지 못한 아이들이 경제 규모에 맞게 돈 쓰는 법을 배우기는 어려울 거예요. 아이들이 부모를 잃은 것은 아이의 책임도 잘못도 아닙니다. 그런 친구들이 국가로부터 받는 도움을 권리로 봐주었으면 합니다."

보호받던 가정이나 시설에서 나오는 자립준비청년은 매년 2,500명 정도로 추산된다. 그러나 자립준비청년에게 주어지는 정착금은 세상의 물가에 한참 뒤처진 300만 원~500만 원 정도에 불과했다. 쉼터에서 자립한 친구들은 고작 50만 원, 혹은 그마저도 받지 못한 채 맨몸으로 나와 세상을 마주해야 했다. 최근 들어 열여덟어른, 브라더스 키퍼, 청자기 등 다양한 활동가들이 목소리를 낸 덕에 자립준비청년의 열악한 환경이 세상에 드러났고, 국가는 필요한 지원을 확대하기로 발표했다.

우리나라 청년의 평균 자립 연령은 29.8세다. 하지만, 지금까지 자립준비청년 대부분은 이보다 10년 빠른 만 18세에 자립해야 했다. 일반 청년이 가정의 울타리 안에서 꿈을 위해, 자신의 직업을 위해 준비할 동안 자립준비청년들은 생계부터 먼저 책임져야 한다. 아무런 스펙도 기술도 없는 아이들이 가는 곳은 공장, 물류센터, 생산직 일이 대부분이다.

자립준비청년 친구들은 원가정에서 분리되는 순간부터 포기하는 법을 먼저 배운다. 먹고 싶은 것, 갖고 싶은 것, 놀러 가고 싶은 마음. 무엇도 바람대로 할 수 없다는 것을 일찌감치 배운다. 그리고 조금씩 꿈꾸는 법을 잊어버린다. 먼저 자립한 선배들의 끔찍한 생활, 유흥업소에서 일하며 망가져 가는 언니, 누나들, 자립정착금을 사기당한 형들, 도박이나 불법적인 일에 휘말려 위기에 놓인 선배들의 이야기를 들으면서 점점 불안함이 밀려온다. 나이를 한 살 먹는다는 것은 이들에게 축하받을 일이 아니다. 아무런 준비 없이 세상으로 내몰리게 되는 두려운 시기가 점점 다가오는 것이다. 퇴소가 가까워져 올수록 아이들은 생각한다.

'다음은 내 차례다.'

시설에서는 많은 아이를 돌보아야 하므로 개개인의 상황을 다 맞추어줄 수는 없다. 그 속에서 특별함은 곧 위험 요소처럼 여겨진다. 같은 시설에서 머무는 친구에게서 폭력을 당해도 보호받을 수 없다. 만약 같이 싸웠다가는 둘 다 시설 퇴소 처분을 받기 때문이다. 투정을 부려도 받아줄 곳이 없다. 감정이 무엇인지 확인도 하기 전에 눌러 담는 법을 배운다. 그래야 후원금이나 지원 같은 혜택을 받을 수 있기 때문이다. 이렇게 살아남는 법을 먼저 터득하는 아이들. 마음 안에 감사함이 자리 잡기 전에 분노와 억울함이 쌓여간다. 감사함은 그 밑에 어딘가에 자리 잡고 있다. 감사한 마음이 올라오기 위해서는 그 마음 위에 돌처럼 눌린 상처와 문제들이 해결되어야 한다. 어떻게 자립준비청년에게서 긍정적인 마음을 끌어올려 줄 수 있을까? 가장 먼저 할 일은 상처와 아픔들을 그대로 인정해주는 것이다.

"항상 제 물건을 제대로 가져본 적이 없어요. 양말도, 티셔츠도 늘 다른 친구 것과 섞이고, 한번 빨고 나면 잃어버리는 때가 많았어요"라고 말하는 아이에게, "아프리카의 난민들을 생각해라. 이주민들은 누울 곳도 먹을 것도 없단다. 너보다 불쌍한 처지에 있는 사람들을 생각해라. 감사해야 하지 않니?"라는 말은 절대 하지 않기를 바란다. 아이들은 이런 말들에 반응하는 법을 알고 있다.

> "그럼요. 감사해야죠. 그래도 저는 어디에 팔려
> 가거나 길에서 생활하지는 않으니까요."

만약 진짜 속내를 이야기했다가는 철이 없다거나 너무 어리다는 말들에 다시금 상처받을 것이다.

> "그랬구나. 얼마나 힘들었을까. 내가 차마 가늠
> 이 되지 않는다. 갖고 싶은 게 얼마나 많았을까.
> 그런데 어떻게 이렇게 잘 버텼어."

이렇게 온전히 아픔을 인정해준다면 그제야 아이는 자신이 어떻게 자랐는지 되짚어본다.

"좋은 선생님을 만났어요. 저를 믿어주는 사람
   이 있었어요."

국가는 아이들이 성인이 될 때까지 돌볼 책임과 의무가 있
다. 아이들이 자라는 동안 받는 국가와 사회의 지원은 도움
이 아닌 권리라고 받아들여 주었으면 한다.

3. 상처를 이겨내. 극복해

상처를 이겨내지 못하는 것에 질책을 종종 받았다. 그들은
벌써 오래전에 돌아가신 부모님 때문에 얻은 상처에서 왜
벗어나지 못하는지 물었다. 그때마다 나도 간절히 바랐다.
상처에서 벗어나 자유롭고 싶다고.

최근에, 한 친구가 강아지에 대한 트라우마가 있다고 이야
기했다. 어릴 때 시골에 놀러 갔다가 개에게 물릴 뻔했던
탓이었다. 친구는 지금도 강아지를 만지지 못한다고 말했
다. 그 말을 들으면서 생각했다. 아무도 친구에게 강아지를
극복하라고 말하지 않는다는 것을.

부모를 떠난 아이들은 마음에 쇳덩이가 박혀 있는 것과 같
다. 가까운 이의 죽음은 언제 겪어도 감당하기 어렵다. 가
깝게 지내는 한 동생이 최근 죽음에 대한 이야기를 꺼냈
다. 친구네 조부모님이 돌아가신 것을 듣고, 자신의 부모님
이 돌아가신다면 어떻게 해야 할까 고민하기 시작했다고
털어놓았다. 이렇듯 사람들은 점차 나이를 먹어가며 죽음
에 대한 생각을 한 번쯤 해보기도 하고, 미리 직면하는 연

습을 하기도 한다. 그런데 이런 준비가 전혀 되지 않은 어린 상황에서 만나는 죽음은 어떨까. 어릴수록 부모는 아이에게 절대적인 존재이다. 그런 부모가 아이를 떠날 때, 아이는 세상을 신뢰하는 법을 배우지 못한다. 그 누구도 부모를 잃은 상처에서 극복할 수 없다. 온전히 벗어날 수 없다. 안고 살아가는 것이다. 때때로 어린 기억에 눈물짓기도 하고 부모를 닮은 분을 만나면 마음이 아리기도 할 것이다. 전쟁을 마치고 살아 돌아온 군인에게 왜 상처가 있냐며 나무라는 사람은 없을 것이다. 살아온 것 자체로 축하해주고 함께 감격할 것이다. 부모가 없는 삶은 작은 전쟁과 같다. 그러니 각자 크고 작은 상처와 흉터가 있을 것이다. 그런 자립준비청년들에게 상처를 극복하라는 말 대신, 살아온 것을 기특하게 여겨주면 좋겠다.

4. 희망을 주기 위한 거짓말

아빠가 돌아가시던 날, 오산 큰엄마는 내게 엄마가 살아계시고, 다른 가정을 꾸리고 있다고 말씀하셨다. 다 커서 성공해서 찾아뵙자고.

나를 낳아주신 엄마, 있을지도 모르는 동생을 상상하는 시간은 내게 정말 원동력이 되었다. 성악을 연습하다가 마음처럼 되지 않아 지칠 때도, 위탁 가정에서 폭력을 겪거나 비난을 들을 때도 속으로 생각했다. '그래도 대학에 번듯하게 들어가고 엄마를 찾아뵈어야지. 열심히 하자.'

그리고 나는 입시생이 되었다. 학교에 원서를 쓰고 수능을 접수하는 과정에서 비용 면제를 받기 위해 가족관계 증명서를 발급받아야 했다. 증명서를 받기 위해 학교에서 조퇴하고 주민센터로 갔다.

부 : 모철명
모 : 김경화

'엄마 이름 참 예쁘다. 당시에도 예쁜 이름이었겠지?' 하고 생각하며 내용을 훑다가 아빠와는 다르게 엄마 이름의 옆 칸들이 빈칸으로 남아 있는 것을 발견했다.

"저…, 왜 엄마 이름 옆에는 주민등록번호가 없어요?"
"그건, 너무 오래전에 돌아가셔서 주민등록번호가 말소된 거예요."
"그럴 리가요. 저희 엄마 살아계시다고 들었어요…."

떨리는 목소리와 함께 눈물이 툭 떨어졌다. 직원은 당황해하며 내게 휴지를 건넸다. 스무 살을 고작 몇 달 앞둔 시기에 졸업하고 찾아갈 유일한 곳을 잃은 순간이었다.

'대학에 합격해도 번듯하게 찾아갈 엄마가 없다.

없구나. 아무도.'

주민센터를 나온 이후의 일은 잘 기억나지 않는다. 그날 아마도 학교로 다시 돌아가지 않았던 것 같다. 가장 친한 사람에게 울면서 전화를 걸었을 수도 있고, 음악학원 원장님께 상황을 알렸을 수도 있다. 분명한 것은 한동안 내가 왜 열심히 살아야 하는지 방향을 잃었다는 것이다.

나는 아이가 어리다고 해도 상황을 바르게 인지하게 해줄 필요가 있다고 생각한다. 그래야 아이도 생각하고 준비한다. 사실을 받아들이고 아파하고 그 상황에서 어떻게 살아가야 하는지 고민한다. 아이에게 희망적인 거짓말을 하는 것은 그런 기회를 앗아가는 일이다. 그 마음이 아이를 위한 것임을 알지만, 거짓말의 정체를 알게 되었을 때의 아픔은 오로지 아이의 몫이다.

30
자립준비청년
마을

한 자립준비청년을 만났다. 올해 스무 살로 자립한 지 3주
된 새내기 청년. 웃는 모습이 앳되고 귀여운 친구는 정수기
를 5년 약정으로 계약하고, 180만 원짜리 침대를 구매했으
며 아직 지하철을 한 번도 타보지 않았다고 말했다. 기대에
부푼 첫 독립은 막상 겪어보니 혼자 해야 할 게 너무나도
많다고 했다. 나오고 싶어 했던 그룹 홈으로 되돌아가고 싶
다고 했다. 친구에게 정수기 계약이 아직 2주가 지나지 않
았으면 그룹 홈 선생님께 도와달라고 말씀드려서 해지하라
고 말하며 생각했다. 가정에서 배워야 할 많은 것들을 제때
배우지 못하면 사회로 나왔을 때 대가를 지불하고 배워야
한다는 것을.

최근 YTN의 '다시 일상으로'라는 캠페인 영상 인터뷰를 진
행했다. 이전에 〈뉴스가 있는 저녁〉에서 만나 뵈었던 피디

님의 추천으로 인터뷰를 집에서 촬영했다. 미리 받은 사전 질문지에는 최종 목표나 꿈에 관한 질문이 있었다. 내 마음에는 선명하게 한 단어가 떠올랐다.

        '자립준비청년 마을.'

지금부터는 내 상상 속에 있는, 그리고 언젠가 실현될 자립준비청년 마을에 관한 구상을 적어보려 한다.

경기도 외곽에 있는 자립준비청년마을에는 원래 교통편이 없었다. 시간이 흐르고 점점 자립준비청년 마을에 대해 사람들이 알게 되면서 곳곳에서 도움을 주셨다. 결과적으로 마을과 근처 도시를 연결하는 마을버스 노선이 생겼다. 자립준비청년 마을은 현재 10가구의 그룹 홈으로 구성되어 있는데, 한 가정에는 7명의 아이와 3명의 담당 선생님이 함께 지내고 있다. 선생님의 대다수는 자립준비청년 출신으로 아이들의 상황과 필요를 면밀히 봐줄 수 있는 사회복지사 선생님들이다. 아이들은 마을 안에 있는 학교에 다니거나, 마을 밖에 있는 일반 학교에 진학하는 것 중에 하나를 선택할 수 있다. 마을 안에 있는 하람학교는 '하늘이 보내준 소중한 사람들이 다니는 학교'의 줄임말이다.
이곳에서는 일반 학교에서 배우는 수업 과정 외의 과목들이 존재하는데, 자기 내면을 돌보는 수업, 자립 연습하기, 적응하기 수업이다. 아이들은 주 1회 전문 상담사와 함께 상처받았던 기억을 돌보고 건강한 자아상을 가지기 위한 그룹 상담을 받는다. 버려진 아이들이 아닌 특별하고 소중한 아이들로 개개인이 받아들일 수 있도록 돕는 시간이다. 자립 연습하기는 실제로 공과금을 납부하거나 공공기관 시설을 이용하는 것, 통장을 관리하는 일 등을 배우고 연습한다. 아이들에게는 한 달에 한 번 용돈이 주어지는데, 초등학생 5만 원, 중학생 7만 원, 고등학생 10만 원씩 받아 자신이 필요한 데에 쓴다. 만약 가계부를 쓰고 관리한 내용을 제출한다면 다음 달 용돈을 20% 더 받을 수 있다. 아이들 중에 목돈을 더 모으고 싶어 하는 친구는 마을 안에 있는 음식점이나 카페에서 아르바이트를 할 수 있는데, 이것이 적응하기 수업이다. 나는 13살부터 아르바이트를 하면서 겪지 않아도 될 일들을 자주 겪었다. 내 사정을 알고 악용하는 사장님, 근무하는 음식점 내에서의 성추행이나 손님들의 희롱들. 그러나 불편함을 드러내면 일자리를 잃을까 쓰리게 참아내던 일을 너무 어릴 때부터 겪어버렸다. 어린 나이에 생계를 책임지며 응원이 아닌 무시와 조롱을 받았던 기억은 아직도 한켠에 아프게 남아 있다. 나는 아이들이 응원과 격려를 받으면서 사회 활동을 준비하기를 바란다.

평일에는 아침 7시가 되면 선생님들이 아이들을 깨운다. 얼굴을 쓰다듬고 토닥토닥 안아주면서 "잘 잤어?" 하고 말을 건넨다. 그중에는 선생님보다 먼저 일어나 하루를 시작하는 친구들도 있다. 아이들은 일어나자마자 이불을 개는 것부터 한다. 일과를 마치고 방에 돌아왔을 때 정돈된 잠자리를 보면 대우받는 느낌이 들기 때문이다.

아침은 선생님들이 주로 차리고 아이들은 순서대로 씻거나 상을 차리는 것을 돕는다. 아이들은 달마다 자신에게 역할을 주는데, 청소기 돌리기, 밀대로 청소하기, 빨래 널기 등을 돌아가면서 맡는다. 마을에는 세탁소가 하나 있는데, 그곳에는 컴퓨터 자수기가 있어서 아이들이 좋아하는 작은 로고나 글씨, 캐릭터를 자수로 새겨준다. 서로의 옷이나 양말이 섞이거나 분실되지 않도록 자신만의 문양 자수로 구분한다. 자립준비청년은 어릴 때부터 '나만의 것'이 없이 자라는 경우가 많기 때문에 자립한 뒤에 내 것에 대한 집착이 생기는 경우가 많다. 수줍음이 많은 한 친구는 늘 자기 옷이나 양말에 고양이 자수를 새겨달라고 한다. 이 친구는 마을 안에 있는 길고양이들을 돌보는데, 혼자 용돈으로 고양이 사료를 사다가 어느 순간 하나둘 지원하는 친구들이 함께 조금씩 돈을 모아 구매하고 있다.

아이들이 하루를 마치고 돌아오는 저녁 시간, 다 함께 밥을 먹고 간식을 나누어 먹으며 선생님과 대화하는 시간을 가진다. 보통 하루 동안 겪은 일과 감정들, 하고 싶은 일이나 마을에 바라는 점 등을 이야기 나눈다. 그중에 배우고 싶은 것에 관한 이야기가 나오면 선생님은 그것을 기록하고 선생님들의 나눔 시간에 이야기한다. 나는 그 목록들을 적어 글을 올린다.

'자립준비청년 마을입니다. 드로잉을 배우고 싶어 하는 친구를 위해 강의를 열어주실 분이 있나요?' 곳곳에서 아이들을 위한 전문인들의 강의와 수업을 제안받고, 아이들과 연결한다.

나는 일주일에 한 가정씩 돌아가며 아이들을 일대일로 만난다. 가장 걱정하는 게 무엇인지, 생활하면서 어려움은 없는지 듣는다. 무엇보다 아이들이 부모에게서 떨어져 살아가는 것 자체를 기특하게 여기고 응원해줄 것이다. 이곳에는 마을 전체에 아이들의 손길이 묻어 있다. 우체통과 표지판도 아이들이 직접 색을 칠하고 글씨를 썼으며 자신이 살아가는 가정의 이름도 아이들이 스스로 짓는다. '푸른동화 마을'이라고 자기 집 이름을 짓는다면, 아이들의 첫 주민등록증 주소에는 그 이름이 찍힐 것이다. 마을의 벽에도 아이들의 아기자기한 그림들이 따뜻하게 새겨져 있다. 언젠가 아이들이 쓴 일기와 마을에서 사는 이야기를 모아 책으로 엮어서 내기도 하고, 같이 노래도 만들어 음원을 내기도 할 것이다. 아이들이 그린 그림으로 매년 전시회를 열기도 하고, 일찍부터 재능을 보이는 친구를 위해서는 더 특별한 프로젝트를 기획하기도 할 것이다. 예를 들어 글씨를 잘쓰는 아이가 있다면 그 아이의 글씨로 폰트를 만들어보기도 하고, 요리에 재능을 보인다면 음식점에서 판매할 신메뉴 계발을 맡겨보기도 할 것이다.

자립을 해야 하는 시기가 왔을 때 아이들은 2가지를 선택할 수 있다. 자립준비청년의 선생님이 되기 위한 과정을 지나 아이들을 함께 돕는 것, 사회로 나가 그동안 배운 것을 적용하며 새로운 삶을 살아가는 것. 청년이 된 아이들은 언제든 돌아와 선생님이 될 수 있다. 아이들은 세상에 내몰린 것이 아닌, 언제든 돌아갈 내 집 같은 곳이 있음으로 마음의 안식을 얻을 것이다.

이 모든 것은 단순히 내 마음 안의 바람, 상상으로 끝날 수도 있다. 너무 이상적이라는 말을 듣거나 실현이 불가능하다는 평가를 받게 될지도 모른다. 하지만 나는 기회가 될 때마다 이 꿈에 관해 이야기하고 기록할 것이다. 이루어질 때는 내가 정할 수 없지만, 꿈을 꾸는 것은 내가 원한다면 얼마든 할 수 있다. 언제 어떤 기회를 만나 실현하게 될지도 모른다. 혹은 나와 같은 꿈을 꾸는 사람을 만날 수도 있다. 그동안 자신의 사비와 시간, 정성을 들여 나 한 명을 살리기 위해 애써준 수많은 사람. 그들의 노력과 마음이 맺는 열매를 보이고 싶다. 대가를 바라지 않고 주었던 사랑이 어떤 생명력을 불러오는지, 한 사람의 성장으로 얼마나 많은 아이의 삶이 바뀌는지. 사람이 어려움을 겪을 때 그 상황을 헤쳐 나갈 수 있는 비밀은 한 사람에게 있다. 아직 자신을 믿을 줄 모르는 아이들에게 믿음을 주고 곁을 지켜주는 것만으로 아이들은 길을 찾아가기도, 만들어가기도 한다. 나도 수많은 갈림길을 만났다. 내 몸을 헐값으로 치부하는 직업 문턱에 서보기도 했고, 청년을 소모품으로 취급하는 곳에서 나조차 내 가치를 값싸게 바라보기도 했다. 대포 통장을 만들어 생활비를 벌어보라는 유혹, 사기와 불법 중간에 있는 일로 쉽게 돈을 벌게 해준다는 속삭임. 그때마다 내 소중함을 일깨워주는 분들이 없었다면 지금 나는 아마 다른 소식으로 뉴스에 나왔을지도 모른다. 한 명의 아이가 자라기 위해서는 마을 하나가 필요하다는 아프리카 속담은 내게 한 생명이 자라기에 필요한 마을을 꿈꾸게 했다.

어린 시절 나는 〈디지몬 어드벤처〉를 보며 세상을 구하는 꿈을 꾸었다. 선택받은 아이가 되어 나쁜 세력으로부터 세상을 구하고 지키는 일. 그곳에는 언제나 나의 편이 되어줄 디지몬과 동료들이 있었다. 20년이 지난 지금, 내게는 꿈을 함께 그리고 응원해주며 동참하겠다는 소중한 사람들이 생겼다. 시작은 작은 카페와 공방으로부터 출발할 것이다. 그곳은 자립준비청년이 만든 작품을 판매하는 플리마켓이자 만남과 나눔의 장소가 될 것이다. 다음 20년이 지났을 때 나는 어떤 모습일까. 무엇을 소중한 가치로 여기고 살까. 한 세기면 사라질 짧은 인생 동안 나는 무엇에 삶을 쓰고 살까 고민하다 보면 '바다'가 떠오른다. 많은 생명이 살아가고 쉬어가는 곳. 내 마음이 바다처럼 넓고 깊어졌으면 좋겠다. 삶의 끝에 선 아이들조차도 품을 수 있는 그릇이면 좋겠다. 상처받은 내 모습이 얼마나 날카롭고 모난 돌이었는지 알기에, 아마도 아이들을 만나다 보면 내게 많은 생채기가 남을 것이다. 때로는 이런 걸 왜 꿈꾸고 시작해서 이 고생을 할까 눈물짓다가 포기하고 싶어질 때도 있을지 모른다. 그러다 내 노력으로 조금이나마 안정을 찾은 친구의 모습을 본다면 그 길에 확신을 얻고 다시 한번 걸어갈 것이다. 상처받은 만큼 파인 마음은 그만한 넓이의 품이 되어줄 수 있다는 것을 믿는다.

31

상처가 파인
자리에 생긴
샘물

나는 다양한 재단에서 자립준비청년을 위한 활동을 하고 있다. 일찍 세상에서 홀로서기를 해야 하는 친구들을 대변해서 정책, 인식개선 운동을 하다 보면 곳곳에서 질문을 받는다. 그중 하나는 자립준비청년에게 자라면서 가장 필요한 게 무엇인지이다.

경제적 지원, 심리 지원, 프로그램 개설 등 다양한 필요가 중요하지만, 그중에서 가장 중요한 것은 '한 사람'이다. 실제로 상처와 가난, 불우한 어린 시절을 보낸 이들의 이후 삶을 조사한 결과, 그들의 삶의 방향은 주위에 말을 들어주고 믿어주는 한 사람이 있는지에 따라 극명하게 나뉘었다고 한다. 아이들은 자신에게 찾아온 불운을 긍정적으로 해석할 능력이 없다.

예를 들어 "친한 친구와 다른 반이 됐어요" 하며 속상해하는 아이에게, "그동안 그 친구와만 가까이 지내서 너에게

다가오지 못한 친구가 있을지도 몰라. 분명 새로운 친구가 기다리고 있을 거야"라고 이야기해준다면 어떨까. 불확실한 미래를 앞두고 불안함이 아닌 조금의 기대와 설렘을 가지는 법을 알려준다면 아이는 앞으로 만날 모호한 세상을 살아갈 용기를 얻을 것이다.

어려움은 맨땅에 거대한 구덩이를 만든다. 그리고 비바람이 지나고 났을 때 그 자리는 샘이 될 것이다. 건널 수 없을 것 같이 큰 웅덩이는 우리를 좌절시키기 위해 파인 것이 아닌, 주위 모두를 살게 하는 샘이 되기 위해 파인다. 물가에 생명이 찾아오고 씨앗이 움트며 풀과 나무가 어우러질 수 있도록 맨땅에 구덩이가 생긴다고 믿는다면 어떨까. 불행을 극복의 과정으로 조금씩 받아들이게 될 것이다.

그러기 위해서는 구덩이를 그대로 인정하는 시간이 필요하다. 아닌 척 대충 덮어두고 살아가면 그 자리는 언제라도 무너질 약한 지대가 된다. 언젠가 내 아픔을 가리기 위해 덮어둔 웅덩이에 누군가 빠질 수도 있고, 스스로 무너져내릴 수도 있다. 나는 상처받은 모든 사람이 파인 곳을 보기 싫은 구덩이가 아닌 '샘이 될 수 있는 가능성'으로 받아들이기를 바란다. 아이들에게는 이 과정을 도울 수 있는 한 사람이 필요하다. 사실은 여러 사람일수록 좋다. 한 아이를 한 사람이 온전히 감당하는 것은 불가능에 가까운 어려움이 따르기 때문이다. 여러 사람에게 긍정적인 말과 지지를 받은 아이는 자신을 바라보는 긍정의 눈이 생긴다.

나는 감사하게도 이런 사람들을 시기마다 만났다. 3살에 만난 김순애 여사님(오산 큰엄마)과 김보성 기사님(오산 큰아빠), 음악을 가르쳐주신 김다혜 원장님, 인생 공부를 함께해주신 임귀남 선생님, 성악을 다시 하길 독려하고 레슨해주신 윤성언 선생님, 지금도 많은 도움을 받고 있는 임광래 목사님이 그들이다. 내가 세상을 살아갈 수 있는 도구들을 가르쳐주시거나 나와 세상을 바르게 볼 수 있는 눈을 키워주셨다. 무엇보다 하나같이 내가 소중한 사람이라는 것을 반복해서 말씀해주셨다. 이처럼 소중한 '한 사람'을 여럿 만난 덕에 나는 다양한 재능을 펼쳐볼 기회를 찾았다. 아직 세상이 나를 모를 뿐, 나를 발견한다면 분명 나의 소중한 가치와 재능을 알아볼 것이라고 생각하게 되었다. 나는 나를 믿는다. 언젠가 받은 사랑과 도움을 이제 자라고 있는 아이들에게 물려줄 수 있는 사람이 될 것이다. 나에게 찾아온 한 사람처럼 나도 그들에게 한 사람이 되어줄 것이다.

숨김없는 말들
-자립준비청년 이야기
모유진 지음

1판 1쇄 발행일 2022년 8월 19일
©모유진. 2022.
ISBN 979-11-973604-7-3

기획   박진홍
편집   박영산, 박진홍
디자인   정미정
마케팅   김라온, 박진홍
인쇄   (주)중앙문화인쇄사

펴낸 곳   린틴틴
출판 등록 번호 제2020-000038호
주소   서울시 마포구 신촌로2길 19 마포출판문화진흥센터 3층 315호
전화   070-8095-9977
www.lintintin.com
instagram @lintintin.pub
blog.naver.com/lintintin
lintintin.pub@gmail.com